MARIE-HÉLÈNE LEBEAULT

AUTORIN DER BLUTMAGIE-TRILOGIE

SpukGeschichten

SCHLAFLOSE NÄCHTE GARANTIERT

GEISTERHAFT

1

SILAS MUSSTE es nicht von seinen Eltern hören. Er hatte diesen Blick im Gesicht seines Vaters schon zu oft gesehen. Mit vierzehn Jahren hatten seine Eltern diesen Blick so oft aufgesetzt, dass er nichts anderes kannte. Sie waren seit fast fünf Jahren in ihrer jetzigen Wohnung. Es war das erste Mal, dass Silas Freunde hatte. Jake, Louise, Caroline und Ben. Silas schob gedankenverloren seine Erbsen auf dem Teller hin und her und klopfte mit dem Fuß gegen das Stuhlbein, während er auf die Nachricht wartete, von der er wusste, dass sie kommen würde.

»Silas, dein Vater und ich möchten mit dir über etwas reden«, begann seine Mutter.

»Wir ziehen wieder um, oder?«, fragte Silas und hielt den Blick auf seine Erbsen gerichtet, plötzlich nicht mehr hungrig.

»Ja, das tun wir«, antwortete seine Mutter.

»Warum?«, fragte Silas verärgert.

»Ich habe vor ein paar Monaten meinen Job verloren, und obwohl deine Mutter genug verdient, um die Rechnungen zu bezahlen, reicht es trotzdem nicht. Ich habe gesucht und gesucht, aber es gibt hier keine Jobs in meiner Branche, also ziehen wir in eine kleine Stadt im Süden namens Golden-Vale. Dort gibt es alles, was sich ein junger Junge wünschen kann. Viele Wälder zum Erkunden und Bauen von Verstecken mit deinen Freunden...«, versuchte sein Vater zu erklären, aber Silas wollte es nicht hören.

»Ich habe hier Freunde! Du hast versprochen, dass wir nicht wieder umziehen müssen. Ich will nicht umziehen!«, schnauzte Silas, schlug mit der Faust auf den Tisch und kämpfte darum, die Tränen in seinen Augen zurückzuhalten.

»Du wirst neue Freunde finden«, sagte sein Vater.

»Ich will keine neuen Freunde finden. Ich mag meine Freunde. Das sind die ersten echten Freunde, die ich je hatte«, krächzte Silas.

»Es tut mir leid, Sohn, aber du hast dich einmal eingelebt. Du kannst dich wieder einleben«, lächelte seine Mutter mitfühlend.

Silas fühlte sich immer besser, wenn er mit seiner Mutter sprach. Er wusste, dass sie das Umziehen genauso hasste wie er. Aber aus Liebe zu seinem Vater setzte Silas' Mutter immer ein Lächeln auf und tat alles, was sie konnte, um die Tech-Träume ihres Mannes zu unterstützen.

»Wann ziehen wir um?«, fragte Silas und schob wieder seine Erbsen auf dem Teller herum.

Seine Eltern wurden beide still und starrten sich an, als würden sie telepathisch darüber streiten, wer die schlechte Nachricht überbringen sollte.

»Mama? Papa?«, fragte Silas besorgt, weil niemand ihm geantwortet hatte.

»Nächste Woche«, antwortete seine Mutter schließlich.

Silas sprang auf und rannte in sein Zimmer, knallte die Tür

hinter sich zu und blendete die besorgte Stimme seiner Mutter aus, als sie ihm nachrief. Dann drehte Silas den Schlüssel um und verriegelte die Tür. Er kannte seine Mutter zu gut. Sie würde ihm nach oben folgen und versuchen, ihn zu trösten. Aber jetzt, da seine Tür ein Schloss hatte, konnte er glücklich allein gelassen werden. Er sprang auf sein Bett und wickelte sein Kissen um sein Gesicht. Er schluchzte in sein Kissen, um sein Weinen zu dämpfen. Er ignorierte das beharrliche Klopfen seiner Mutter und ihre Bitten, die Tür zu öffnen.

»Was? Nächste Woche? Aber das ist der Beginn der Frühlingsferien. Was ist mit unseren Plänen? Was ist mit dem Cloudy Breeze Konzert?«, beschwerte sich Jake, als Silas die Neuigkeiten überbrachte.

»Jake! Sei nicht so egoistisch. Wie fühlst du dich, Silas?«, fragte Caroline und strich mit einer Hand über Silas' Rücken.

»Wie denkst du, dass ich mich fühle? Ich will nicht umziehen; ich will euch Leute nicht verlassen«, stöhnte Silas, trat eine leere Limodose über den Schulhof und ignorierte den verärgerten Blick des aufsichtsführenden Lehrers.

»Wir sind keine Kinder mehr. Wir können uns an Wochenenden treffen. Golden-Vale kann nicht so weit sein, oder? Wir können mit dem Bus fahren«, zwitscherte Louise enthusiastisch.

Silas lächelte bei dem Gedanken, dass durch soziale Medien, Videochats und Treffen mit seinen Freunden an den Wochenenden dieser Umzug vielleicht nicht so schlimm sein würde wie die anderen.

»Wow, Golden-Vale ist dreizehn Stunden mit dem Zug entfernt. Mit dem Bus wird es wahrscheinlich noch länger dauern«, keuchte Ben, als er online nach der kleinen Stadt suchte.

Silas und seine Freunde wurden alle still. Dies war das Ende ihrer Gruppe, ihrer Gang und all der Pläne, die sie für die Zukunft hatten. Alle Dinge, die sie für die Frühlingsferien geplant hatten, waren mit nur wenigen Worten verschwunden. Die Gruppe ergänzte sich so gut. Während ein Gruppenmitglied laut war, war ein anderes sanft und ruhig. Einer war intelligent und analytisch, während ein anderer ein Träumer war. Sie richteten sich gegenseitig auf, wenn sie niedergeschlagen waren, halfen einander beim Lernen und Wachsen und machten sich nie Sorgen darüber, jemand anderes zu sein als sie selbst. Sie waren eine kleine Familie, und es brach ihnen das Herz, dass die Familie nicht mehr sein würde.

»Du ziehst doch erst in einer Woche um, oder? Wie wäre es, wenn wir kommen und dir beim Packen helfen, und dann machen wir alle ein Wochenendübernachtung bei mir zu Hause und versuchen, so viele Spaßdinge zu machen, die wir für die Frühlingsferien geplant hatten, wie wir können?«, lächelte Louise.

»Das klingt fantastisch! Und weißt du was, mit sozialen Medien werden wir nie weit voneinander entfernt sein. Wir können immer noch jeden Tag reden. Du entkommst der Gang nicht so leicht, Silas«, lächelte Caroline, während sie Silas fest umarmte.

Ben und Jake hatten gescherzt, dass Silas und Caroline eines Tages heiraten würden. Sie waren das inoffizielle Paar der Gruppe - nie wirklich zusammen, aber die beiden waren einander nahe gewesen. Jetzt würden beide nie herausfinden, ob sich die Liebe entfalten würde.

In den folgenden Tagen, als die Freunde zusammenkamen, um Silas beim Packen seines Zimmers zu helfen, schwelgten sie in

Erinnerungen an alte Fotos von Geburtstagsfeiern, Souvenirs aus der Spielhalle und Schultrophäen. Die Stimmung trübte sich, als die Erinnerungen zurückfluteten und klar wurde, dass die Dinge nie wieder dieselben sein würden. Die Frühlingsferien markierten normalerweise ein paar Wochen Freiheit und Spaß; jetzt markierten sie das Ende einer wahren Freundschaft.

2

SILAS' ELTERN VERSUCHTEN, ihn während der Fahrt zu ihrem neuen Zuhause zum Reden zu bringen. Aber egal wie sehr sie es versuchten, Silas hielt seinen Mund geschlossen und ignorierte sie, wobei er die meiste Zeit der Reise damit verbrachte, seine Tränen zu verbergen. Er beobachtete, wie sein altes Leben in der Vergangenheit verschwand. Die Großstadt wich den Vorstädten, die Vororte gaben den Landstraßen nach, und bevor Silas es wusste, befand er sich in einer völlig anderen Welt. Während er durch die sozialen Medien scrollte, wischte er sich die Tränen weg, bevor der Schlaf ihn übermannte und er den Rest der Reise nach Golden-Vale verschlief.

»Silas, wach auf. Wir sind da«, drängte seine Mutter und stieß sanft gegen sein Knie, um ihn zu wecken.

Silas rieb sich die Augen und schaute aus dem Autofenster, während sein Vater einen langen, einsamen Weg entlangfuhr, der von Bäumen umgeben war. Die Straße war holprig und uneben, was dazu führte, dass das langsam dahinrollende Auto wie eine alte Pferdekutsche wackelte. Schließlich hielt sein Vater das Auto an, um auszusteigen und die zwei klapprigen, verrosteten Tore zu öffnen, die ihr Grundstück schützten.

Vor wem schützen wir uns eigentlich? Wir leben kilometerweit weg von allem, dachte Silas und verdrehte die Augen angesichts der übereifrigen Begeisterung seiner Mutter.

»Wenn wir die Gelegenheit haben, müssen diese Tore ersetzt werden«, sagte sein Vater und nahm ein Taschentuch aus dem Handschuhfach, um sich die Hände zu säubern.

Nach den Toren dauerte die Fahrt zum Haus etwa fünf Minuten. Das Haus lag inmitten von Hektar an Wäldern. Silas rutschte über den Rücksitz des Autos, um aus dem anderen Fenster zu schauen. Er mühte sich ab, durch die Bäume zu sehen, erhaschte aber einen kleinen Blick auf einen Bach, der durch ihr Grundstück floss. Als sie vor dem Haus hielten, entdeckte Silas ein altes Auto, das wie in der Zeit erstarrt schien, halb von der Natur begraben. Die Baumäste hatten schon vor langer Zeit die Fenster zerstört. Das alte Stoffdach war zerrissen, und das Innere war mit Blättern und Insekten bedeckt.

»Das wird eine Aufgabe sein, es loszuwerden. Sieht aus, als müsste es aus der Erde gegraben werden«, sagte seine Mutter, zeigte auf das Auto und rümpfte angewidert die Nase.

»Nein, nicht. Lass uns es säubern; das wird cool sein«, bestand Silas darauf.

Seine Fantasie lief auf Hochtouren. Er konnte sich vorstellen, wie er auf dem Vordersitz saß und so tat, als würde er fahren. Er wusste, dass Caroline und Louise es lieben würden, wenn sie zu Besuch kämen, und Ben und Jake würden es supercool finden. Er rannte hinüber, machte Fotos und schickte sie sofort an seine Freunde.

»Okay, Silas, du hast gewonnen. Das alte, gruselige Auto bleibt«, lachte seine Mutter, als sie begann, das Auto auszupacken.

WÄHREND DER ERSTEN Tage in ihrem neuen Zuhause packten seine Eltern aus und richteten sich ein. Silas, immer noch fest entschlossen, seine Freundesgruppe nicht zurückzulassen, ließ die meisten seiner Sachen verpackt, während er das neue Haus erkundete und jedes ungewöhnliche und gruselige Detail dokumentierte, um seinen Freunden davon zu berichten.

Das Haus war reich an Geschichte - Ein hölzernes, gotisches dreistöckiges Haus mit einer Veranda auf der Rückseite und einer umlaufenden Veranda, die von der Haustür um die linke Seite herum verlief. Es bedurfte kleiner Reparaturen, aber nichts, was sein Vater nicht bewältigen konnte. Silas betrat die Küche von der hinteren Veranda, nachdem er mit der kaputten Tür gekämpft hatte. Die Küchenschränke fielen aus den Angeln, und der Boden musste ersetzt werden. Silas verdrehte die Augen, als er Fotos machte.

»Von all den Häusern, die sie hätten kaufen können, warum ausgerechnet dieses?« schickte Silas in einer Sprachnachricht zusammen mit einem Bild der Küche.

»Es hat Charakter«, antwortete Louise.

»Denk an die Geschichte, Alter; es ist irgendwie cool«, schwärmte Ben.

»Nein, ich stimme zu, es ist gruselig«, sagte Caroline.

»Zeig uns mehr«, bestand Jake, seine Begeisterung war offensichtlich.

Silas erkundete das Haus weiter. Eine Tür an der Rückseite der Küche führte in ein großes, offenes Esszimmer mit fünf hohen Fenstern, die reichlich Licht hereinließen.

Na ja, das ist irgendwie cool, schätze ich, dachte Silas und machte ein Selfie, um es seinen Freunden zu schicken.

»Alter, du solltest dein Haus auf Instagram dokumentieren. Diese gruseligen Bilder werden definitiv deine Follower steigern«, schickte Jake in einer Sprachnachricht.

»Gute Idee. Danke, Kumpel«, lächelte Silas und lud seine ersten Bilder hoch.

Die Tür am anderen Ende des Esszimmers führte zurück in den Hauptflur. Der Flur war beeindruckend; eine imposante Treppe stand in der Mitte des Raumes und führte zu einem großen Treppenabsatz, der sich über die erste Etage erstreckte. Gegenüber dem Esszimmer, auf der anderen Seite der Treppe, war eine weitere Tür, die ins Wohnzimmer führte, mit einer großen Steinfeuerstelle und mehreren Fenstern, die den Wald draußen zeigten. Neben dem Wohnzimmer befand sich eine weitere Tür, die in einen alten Zeichensaal führte, den Silas' Vater bereits als sein Büro beansprucht hatte.

Die Treppe knarrte bei jeder Stufe, und das Geländer fühlte sich an, als könnte es jeden Moment auseinanderfallen. Im ersten Stock befanden sich zwei große Schlafzimmer, beide mit eigenem Bad. Das überraschte Silas, da der Rest des Hauses so alt wirkte. Eine weitere kleine Treppe führte in den dritten Stock (ein Dachboden, der in zwei kleinere Schlafzimmer mit eigenen Bädern umgebaut worden war). Jedes Schlafzimmer hatte einen kleinen Kamin und zwei große bogenförmige Fenster. Das Zimmer an der Vorderseite des Hauses hatte einen tristen Blick auf die Straße, die zum Haus führte, und den trockenen Feldweg, der zurück in die Stadt führte. Das Schlafzimmer an der Rückseite des Hauses war etwas größer, mit größerem Schrankraum und einem beeindruckenden Blick auf den Wald und den Bach.

»Ich glaube, dieses Zimmer wird meins sein«, sagte Silas, machte mehrere Bilder und schickte sie an seine Freunde.

Die Aufregung über das gruselige neue Haus verflog schnell. Es gab nicht mehr viel, worüber er seinen Freunden berichten konnte, und die nächste Stadt war eine fünf Meilen lange Fahrradfahrt entfernt. Silas verbrachte die meiste Zeit der ersten Woche zusammengerollt im Bett an seinem Handy. Selbst wenn sein Vater ihn bat, bei den Reparaturen zu helfen, war Silas in jeder freien Sekunde vor dem Bildschirm. Er sehnte sich nach seinen Freunden, während sie Bilder von sich auf dem Spring Break-Jahrmarkt und in der örtlichen Spielhalle hochluden.

Um sich von der Traurigkeit in seinem Herzen und der Einsamkeit abzulenken, die ihm folgte, nahm Silas den Rat seines Freundes an und begann, das Haus zu dokumentieren - vom maroden Zustand bis zu dem Moment, als sein Vater es reparierte. Er erfand sogar gruselige Geschichten über fiktive Menschen, die einst das Anwesen ihr Zuhause nannten. Seine Follower liebten es, was vorübergehend sein Bedürfnis nach Freundschaft und Liebe befriedigte. Aber bald genug verflog dieses Hochgefühl und ließ Silas allein in seinem neuen Zimmer mit seinen Gedanken zurück.

3

»SILAS, komm und hilf deiner Mutter, das Esszimmer zu streichen«, rief sein Vater die Treppe hinauf.

Silas antwortete nicht. Er war zu beschäftigt damit, durch die Online-Kommentare zu dem Beitrag von ihm in dem unheimlichen Auto zu scrollen. Der einzige andere Ort auf dem Grundstück, der ihm die geringste Freude zu bereiten schien.

»Silas! Sofort!«, schrie sein Vater.

Schnaufend stampfte Silas die Treppe hinunter, schob sich an seinem Vater vorbei zum Esszimmer zwei Stockwerke tiefer. Seine Mutter sagte ihm, welche Wände er streichen sollte. Lächelnd reichte sie ihm eine Farbrolle. Als seine Mutter zwei Wände fertig gestrichen hatte, drehte sie sich um und fand Silas auf dem Boden sitzend vor, das Gesicht auf sein Handy gerichtet, nachdem er nur zwei Streifen einer Wand gestrichen hatte.

»Silas, wenn du mir nicht helfen willst, werde ich dieses dämliche Auto loswerden«, fauchte seine Mutter.

»Was? Das kannst du nicht«, protestierte Silas.

»Dann hilf deinem Vater, wenn du mir nicht helfen willst. Wir haben nur noch einen Tag, bevor wir unsere neuen Jobs anfangen, und es gibt noch viel zu tun in diesem Haus. Ich glaube, dein Vater jätet den Garten. Wer weiß, vielleicht findest du ja ein paar Schätze«, lächelte seine Mutter und versuchte, nicht so wütend und frustriert zu klingen, wie sie sich fühlte.

Silas schlenderte zur Rückseite des Hauses und suchte nach seinem Vater. Das Geräusch von Scheren, die Äste abschnitten, verriet Silas, dass er um die Veranda herumgehen sollte. Mit schweißnasser Stirn schnitt sein Vater Äste ab und zog mit aller Kraft an Ranken, um das Chaos des Gartens zu bändigen.

»Mama sagt, ich soll dir helfen«, sagte Silas, den Blick immer noch auf sein Handy gerichtet.

»Klar, nimm den Rechen und hilf mir, all diesen Schutt zu einem Haufen zusammenzuharken. Ich packe es später in Säcke und entsorge es dann«, sagte sein Vater und machte sich gleich wieder daran, die Ranken zu zerhacken, die drohten, die Veranda zu überwuchern.

Halbherzig zog Silas den Rechen durch das tote Gras und die Blätter und seufzte. Er wünschte, er würde irgendetwas anderes machen als geistlose Hausarbeiten. Plötzlich blieb der Rechen an etwas hängen. Silas zog und zerrte, aber es bewegte sich nicht. Seine Neugier war geweckt, und Silas holte sein Handy aus der Gesäßtasche, bereit, jeden Schatz zu fotografieren, den die Ranken verbargen.

»Papa! Schau, was ich gefunden habe!«, rief Silas aufgeregt und zog einen alten Reifen und ein Lenkrad von dem unheimlichen Auto hervor.

»Perfekt, Sohn.«

»Ich bin gleich zurück; ich bringe sie zum Auto«, sagte Silas, schnappte sich seinen Fund und rannte davon.

Er knipste Fotos von seiner Entdeckung, lud das Bild hoch, bevor er den Ersatzreifen in den Kofferraum des Autos legte und das Lenkrad wieder anklippste. Als Nächstes machte Silas ein Selfie auf dem Fahrersitz und lud das Bild mit einer Bildunterschrift hoch, die besagte: "Endlich komplett und am Steuer. In welche Zeit soll ich zuerst reisen?"

Es dauerte nicht lange, bis die Likes und Kommentare hereinströmten, und noch weniger Zeit, bis Silas vergaß, was er eigentlich tun sollte, und den Rest des Nachmittags damit verbrachte, im Auto durch soziale Medien zu scrollen.

SILAS WUSSTE, dass seine Eltern beim Abendessen wütend auf ihn waren, aber es war ihm egal; er war auch auf sie wütend. Wenn sie wollten, dass er glücklich wäre, hätten sie in der Stadt bleiben sollen. Aber nein. Sie hatten ihn aus seinem Freundeskreis, seiner Schule und seinem Leben gerissen. Also war Silas zufrieden damit, sie zu schneiden und sie spüren zu lassen, wie es war, sich einsam und ignoriert zu fühlen.

Seine Mutter stellte sein Abendessen vor ihm auf den Tisch. Er versuchte, auch das zu ignorieren, aber er war hungrig, und Hackbraten war sein Lieblingsessen. Mit einer Hand stach er in sein Essen, während er mit der anderen durch sein Handy scrollte. Silas versank in seiner eigenen kleinen Welt, tiefer in ein Fantasieland, weit weg von seiner langweiligen Realität.

»Silas?«, hörte er die Stimme seines Vaters sagen.

»Hä?«, brummte Silas, ohne von seinem Handy aufzublicken.

»Wenn du dein Gemüse nicht isst, gibt es kein Eis zum Nachtisch. Ich habe heute dein Lieblingseis im Laden gekauft«, sagte seine Mutter.

»Gemüse, klar«, murmelte Silas.

»Das reicht!«, schnappte seine Mutter und schlug mit der Hand auf den Tisch.

Mit einer schnellen Bewegung hatte seine Mutter die Tischlänge überbrückt und ihm das Handy aus der Hand gerissen. Sie schaltete es aus und steckte es in ihre Tasche.

»Was zum...? Mama, gib das zurück!«, schrie Silas.

»Silas! Sprich nicht in diesem Ton mit deiner Mutter!«, brüllte sein Vater.

»Wir sind seit über einer Woche hier, und du hattest die ganze Zeit den Kopf in diesem dummen Gerät. Ich habe dich gebeten, beim Streichen zu helfen, und du hast es nicht getan. Dein Vater hat dich gebeten, im Garten zu helfen, und du bist weggelaufen, um in diesem blöden Auto zu sitzen, mit dem Kopf an deinem Handy. Ich habe es satt, einen Sohn zu haben, der nie mehr als zwei Worte sagt. Du bist Teil dieser Familie und wirst anfangen, dich auch so zu benehmen!«, schrie seine Mutter.

Silas war wie betäubt; er hatte seine Mutter noch nie so erlebt. Sie war normalerweise so fröhlich und gefasst und erhob nie ihre Stimme. Silas hatte in all seinen Jahren nie erlebt, dass seine Eltern stritten oder ein böses Wort zueinander sagten. Sprachlos sah Silas sie mit weit aufgerissenen Augen an, unsicher, was er sagen oder tun sollte.

»Morgen wirst du dich wie ein normaler Vierzehnjähriger verhalten. Es gibt Hektar von Wäldern um dieses Haus herum; erkunde sie, erlebe ein Abenteuer. Und morgen beim Abendessen will ich alles darüber hören.«

4

ALS SILAS am folgenden Tag aufwachte, herrschte totale Stille im
Haus. Er konnte die Bäume im Wind rascheln hören und das langsame, gleichmäßige Plätschern des Bachs hinter dem Grundstück.
Silas drehte sich um und griff nach seinem Handy, als ihm sofort
einfiel, dass seine Mutter es mitgenommen hatte. Frustriert zog er
sich schnell an und ging zum Zimmer seiner Eltern. Es war abgeschlossen. Aber Silas wusste, dass diese alten Schlösser leicht zu
knacken waren. Er und sein Vater hatten am Tag ihres Einzugs
schon das eine oder andere Schloss knacken müssen.

Silas durchsuchte die Kommode und die Nachttische nach
seinem Handy. Doch er fand nichts außer alten Rechnungen, Zeit-
schriften, den Medikamenten seiner Mutter und Schmuck. Dann
ging er zum Kleiderschrank über und durchsuchte ihn von oben
bis unten, schaute in Schuhkartons und sogar in den Manteltas-
chen seiner Eltern. Wieder ohne Erfolg.

Er ging nach unten und rief, um zu sehen, ob seine Eltern
noch zu Hause waren, aber niemand antwortete. Als er aus der
Haustür spähte, sah er, dass das Auto seiner Eltern weg war. Er

war allein in einem unheimlichen neuen Haus mitten im Nirgendwo ohne Handy. Fest entschlossen, sich von seiner Mutter nicht besiegen zu lassen, suchte er an jedem erdenklichen Ort. Er ging von Zimmer zu Zimmer, durchstöberte Schränke, Schubladen und alle Orte, die sich öffnen ließen; in seiner Verzweiflung schaute er sogar in den Kühlschrank.

Darin befand sich ein gepacktes Mittagessen für Silas, das er über den Tag verteilt genießen konnte. Daran hing ein rosa Post-it von seiner Mutter:

Hier ist ein Mittagessen für dich. Nimm es mit, wenn du das Gelände erkundest. Bemüh dich gar nicht erst, nach deinem Handy zu suchen. Ich habe es mit zur Arbeit genommen. Wir sehen uns beim Abendessen. Ich kann es kaum erwarten, von deinem Tag zu hören. Liebe, Mama xx

»Sie hat es mitgenommen?«, schrie Silas, und seine Stimme hallte durch das leere Haus.

Silas knallte die Kühlschranktür zu und setzte sich mit dem Gesicht in den Händen an den Esstisch. Da kam ihm der Gedanke. Er brauchte sein Handy nicht, um ins Internet zu kommen. Also nahm er seine bewährte Nadel und ging zum Büro seines Vaters am hinteren Ende des Hauses. Zu seiner Überraschung war die Tür nicht abgeschlossen. Stolz prangte auf dem Schreibtisch der Laptop seines Vaters. Der Computer erwachte zum Leben, als Silas den Einschaltknopf drückte.

Silas rannte vor Aufregung zurück in die Küche, füllte seine Hände mit Snacks und Getränken und richtete sich gemütlich im Büro seines Vaters ein. Alles lief großartig, bis ein Bildschirm erschien, der nach einem Passwort fragte.

Passwort? Was würde Papa als Passwort verwenden?, dachte Silas.

Er versuchte es mit dem Namen seiner Mutter. Nichts. Er versuchte seinen eigenen Namen. Nichts. Er ging zu Geburtstagen, Jahrestagen und sogar dem Namen ihres alten Hundes über.

Er hatte so oft versagt, dass der Bildschirm eine Warnung anzeigte. Bei einem weiteren falschen Passwort würde der Computer die Festplatte vollständig löschen.

Silas lief im Zimmer auf und ab und durchforstete sein Gedächtnis nach der Antwort. Er konnte es nicht riskieren, einen Fehler zu machen. Sein Vater würde ausrasten, wenn er nach Hause käme und die Festplatte seines Computers gelöscht wäre. Silas fiel nichts ein, was funktionieren könnte, bis er sich wieder an den Schreibtisch seines Vaters setzte und sein Blick auf den Bilderrahmen neben dem Laptop fiel. Es zeigte seinen Vater an dem Tag, als er mit Silas' Großvater zum Red Sox-Spiel gegangen war. In den Rahmen waren die Worte eingraviert: *Der glücklichste Tag meines Lebens.*

»Das ist es!«, jubelte Silas und tippte wild das Passwort ein.

Ein Rädchen begann sich auf dem Bildschirm zu drehen. Silas war so nah dran, dass er es förmlich schmecken konnte. Wie viel hatte er in den Stunden verpasst, seit seine Mutter sein Handy mitgenommen hatte? Welche aufregenden Neuigkeiten würden in seinem Posteingang warten? Silas hüpfte auf dem Stuhl herum, während der Laptop zum Leben erwachte.

»Ja!«, Silas schlug in die Luft, öffnete eine Tüte Chips und machte sich darüber her.

Mit einem Doppeltipp auf das Mauspad wartete er, bis der Browser geladen war. Er summte seine Lieblingslieder, bis der Browser versagte. Kein WLAN. Er rannte zum Telefon in der Küche, wo der WLAN-Router stand, und schrieb das Passwort auf seine Hand. Als er zurücklief und es eintippte, erschien eine grelle Anzeige, die ihm mitteilte, dass das Passwort falsch sei. Silas rannte nicht einmal, sondern zweimal zurück, um zu prüfen, ob er es richtig aufgeschrieben hatte. Da sah er es, einen weiteren rosa Post-it-Zettel. Er hob ihn unter dem Tisch auf und las:

Netter Versuch. Ich habe das WLAN-Passwort geändert. Geh! Nach draußen! Liebe, Mama xx.

»Ach, komm schon!«, rief Silas, zerknüllte den Zettel und warf ihn quer durch die Küche.

Schließlich gab Silas klein bei, nahm seinen Rucksack und füllte ihn mit den Snacks und Getränken aus dem Büro seines Vaters. Er wühlte sich durch das Zimmer seiner Eltern und fand ihre alte Polaroid-Kamera. Wenn er schon gezwungen war, nach draußen zu gehen, würde er trotzdem dokumentieren, was er konnte, bis er sein Handy zurückbekäme. Er stopfte die Kamera in seine Tasche, zog seine Wanderstiefel an und ging durch die hintere Veranda nach draußen.

Während er durch den Wald schlenderte, konnte Silas nur denken, wie dumm das alles war. Wie viel Spaß konnte er schon alleine haben? Er vermisste seine Freunde; wenn sie da wären, könnten sie wenigstens im Bach schwimmen oder auf die Bäume klettern. Dann fragte er sich, was wäre, wenn er sich verirren würde? Wie würde er den Weg nach Hause finden? Als er den Kopf wandte, sah er den Bach; er führte direkt zurück zum Haus. Wenn er den finden könnte, würde er auch den Weg nach Hause finden.

Während er dem Bach tiefer in den Wald folgte, hielt Silas an, um Fotos von Fröschen, Vögeln und umgestürzten Bäumen zu machen. Nach einer Weile stellte er fest, dass er es mochte, den Wald zu erkunden. Je tiefer er kam, desto mehr interessante Dinge sah er – einen alten, kaputten Wagen, der einst wahrscheinlich Getreide zum Markt transportiert hatte. Namen waren in einen Baum neben einem alten Fahrrad mit verblichenen rosa Lenkergriffen geschnitzt.

Er stopfte seine Bilder in seine Tasche und blickte in den Wald hinaus, vorbei an den Bäumen. Dann fiel ihm etwas in der Ferne auf. Könnte das sein bisher bedeutendster Fund sein? Aufgeregt stürmte Silas vorwärts.

5

ALS ER SICH durch die dichtesten Bäume kämpfte, die er auf seiner Reise gesehen hatte, und die Zweige aus seinem Gesicht strich, kam es in Sicht. Eine alte, verlassene Hütte. Sie war nicht so groß wie sein Haus; es war ein kleines Cottage im Bauernhausstil. Silas vermutete, dass es die alte Hütte des Hausmeisters war. Doch die Natur hatte sie übernommen, Zweige drückten durch die Fenster und ließen das Fundament brechen. Die Haare in Silas' Nacken stellten sich auf – eine Kälte überkam seinen Körper und bedeckte ihn mit Gänsehaut. Fasziniert machte er ein Foto. Silas ging um die Rückseite herum und nahm weitere Bilder auf, aufgeregt, sie seinen Freunden und seiner wachsenden Online-Fangemeinde zu zeigen.

Die Hintertür hing nur noch an den Angeln; mit einem leichten Zug kam die Tür in seiner Hand ab. Silas sprang gerade noch rechtzeitig zurück, um nicht von der Tür getroffen zu werden, und lächelte, während er ein Foto des dunklen Hauses machte.

Das Gebäude hatte nur ein Stockwerk mit wenigen kleinen

Räumen. Der erste Raum, den Silas betrat, war die Küche. Ranken vom Fenster überwucherten die Arbeitsplatten und das Waschbecken. Schutt bedeckte den Boden unter dem Loch im Dach, und ein Großteil des Bodens war verrottet. Silas' Kamerablitz erhellte den dunklen Raum. Er zuckte zusammen. Für einen Moment dachte er, er hätte etwas gesehen, nur um dann über sich selbst zu lachen, weil er vor seinem eigenen Schatten erschrocken war. Als er den nächsten Raum betrat, fand er einen alten Holzkamin mit einem großen schwarzen Topf, der über den Holzscheiten hing. Ein verfallener Sessel mit zerrissenem Stoff und Bissspuren von Ratten stand in der Ecke. Eine staubige Standuhr mit zerbrochenem Glas und einem auf dem Boden liegenden Pendel lehnte an einer dunklen Wand. Silas konnte nicht genug bekommen.

Unter dem Fenster neben der Vordertür stand eine alte Kommode. Silas öffnete jede Schublade in der Hoffnung, Schätze zu finden. Er fand nicht viel, ein paar alte Münzen, ein Taschenmesser und ein ehemals weißes Baumwolltaschentuch mit den Initialen C.B. in der unteren Ecke. Er steckte seine Funde ein, machte Fotos, nahm einen Stift aus seiner Tasche und notierte auf der Rückseite jeder Fotografie Ideen für Bildunterschriften. Seine kreativen Säfte flossen, sein Geist raste, während er sich das Leben desjenigen vorstellte, der die Hütte einst sein Zuhause nannte. Auf dem Kaminsims lag eine alte Tabakpfeife. Silas machte ein Foto und streckte die Hand aus, um die Pfeife zu nehmen.

Sobald seine Finger die Pfeife berührten, durchbohrte ein lauter, scharfer, knochenkalter Schrei seine Ohren. Silas ließ die Pfeife fallen, wobei nur eine Silhouette im Staub blieb, wo sie einst gestanden hatte. Sein Herz hämmerte in seiner Brust, und seine Hände begannen zu zittern. Silas drehte sich um und versuchte, den Ursprung des Schreis zu finden – plötzlich erstarrte er an Ort und Stelle.

Die Tür zum Schlafzimmer war dunkel. Nur eine winzige

Menge Licht vom Fenster beleuchtete das Bett in der Ecke – aber das war nicht das, was Silas Angst machte. Im Türrahmen stand eine dunkle, gesichtslose Gestalt. Ein Schatten füllte den Rahmen aus. Terror jagte durch Silas' Adern, er fühlte, dass er nicht atmen konnte, und sein Atem gefror in der Luft.

Silas schoss wie ein Blitz zur Vordertür, ohne herausfinden zu wollen, was oder wer die mysteriöse Gestalt war. Er stieß sie auf und rannte durch den Wald. Sein Atem kam schwer und schnell, während er seine Augen auf den Bach gerichtet hielt, der zurück zu seinem Haus führte.

Schau nicht zurück! Schau nicht zurück! Silas wiederholte es immer wieder, während der Schrei ihm durch den Wald nach Hause folgte.

Der Schrei schien sich mit dem Wind zu bewegen, ließ die Blätter in den Bäumen rascheln und jagte die Vögel in die Flucht. Die fliehenden Vögel zu beobachten, ermutigte Silas nur noch schneller zu rennen. Waren das Schritte, die er hinter sich hören konnte? Wurde er verfolgt? Seine Eltern würden erst in Stunden zu Hause sein; er war allein.

Sein Haus kam endlich in Sicht, aber in seinem verängstigten Geisteszustand schien ihn jeder Schritt eine Meile in die andere Richtung zu bringen. Je verzweifelter er war, hineinzukommen und die Türen abzuschließen, desto langsamer schienen seine Füße zu laufen. Als er fast zu Hause war, stolperte Silas über seine Füße und taumelte kurz vor den Stufen der Hinterveranda. Er krabbelte durch die Erde, grub seine Finger in den Boden, sprang auf seine Füße und nahm die Stufen im Zweierschritt. Dann stieß er die Tür auf, stürmte hinein, knallte sie hinter sich zu, drehte den Schlüssel um und verschloss sie fest.

Die Hintertür hatte eine große Fensterscheibe in der Mitte. Zu verängstigt, um zurückzublicken, falls ihm etwas gefolgt war, rannte Silas durch die Küche, das Esszimmer und die Treppe hinauf. Er raste an dem Schlafzimmer seiner Eltern vorbei, lief durch das letzte Stockwerk und schloss seine Tür fest ab. Er zog seine Kommode vor die Tür und sprang unter sein Bett.

Von Kopf bis Fuß zitternd, hielt Silas seine Hand über seinen Mund, um sein schweres Atmen zu verbergen. Silas konnte sich nicht an eine Zeit erinnern, in der er jemals so viel Angst gehabt hatte. Eine echte Angst wie keine andere. Eine Angst, die er nicht in Worte fassen konnte. Mit fest zusammengekniffenen Augen lauschte er aufmerksam auf jedes Knarren und Knacken des Hauses. Ein Kratzen am Fenster ließ Silas sich zu einer noch engeren Kugel zusammenrollen. Wer – oder was – war da draußen? War es der Baum, der gegen sein Fenster klopfte? Hörte er Schritte, die die Treppe hochkamen? Wann würden seine Eltern nach Hause kommen?

Silas wollte unbedingt seine Mutter anrufen, aber sie hatte sein Handy. Das Festnetztelefon war in der Küche, an der Hintertür. Und Silas war entschlossen, den Raum in nächster Zeit auf keinen Fall zu verlassen. Stunden vergingen, während Silas unter seinem Bett wartete. In seinem Kopf überschlugen sich die Szenarien, woher dieser Schrei kommen könnte, was die Gestalt im Türrahmen war und wie sie ihn im Schlaf jagen würde. Er war eingeschlafen, und das Haus war still, als er aufwachte. Nichts war ihm gefolgt, also was war dieses Geräusch gewesen?

»Silas? Wir sind zu Hause!« kam die fröhliche Stimme seiner Mutter vom Flur.

6

»ICH KOMME GLEICH RUNTER«, rief Silas, während er unter seinem Bett hervorkroch.

»Keine Eile, Schätzchen, ich rufe dich, wenn das Abendessen fertig ist«, schrie seine Mutter.

Silas saß auf seinem Zimmerboden; er war stundenlang unter seinem Bett gewesen. Er kletterte auf sein Bett und spähte aus dem Fenster in Richtung Wald. Alles schien normal. Nichts war gekommen, um ihn zu holen; nichts sah verstört aus, als ob ein Monster durch den Wald gewandert wäre. Er fühlte sich albern.

Auf seinem Bett sitzend öffnete er seinen Rucksack und holte seine Bilder heraus. Als er sie betrachtete, sah alles normal aus. Eine alte Hütte, vom Zahn der Zeit gezeichnet, von der Natur übernommen. Keine Ghule oder Kobolde, keine Geister oder seltsamen Schatten. Silas lachte über sich selbst.

Ich hatte solche Angst, und wofür? Ich bin kein Kind mehr, sagte er zu sich selbst.

Der Geruch des zubereiteten Abendessens erinnerte Silas daran, dass er den ganzen Tag nichts gegessen hatte. Er war so verängstigt gewesen, dass er seinen Hunger vorher gar nicht bemerkt hatte. Silas eilte ins Badezimmer, nahm ein schnelles Bad und zog Jeans und einen Pullover für das Abendessen an. Abgesehen von seinem Moment des Wahnsinns war der Ausflug in den Wald ziemlich lustig gewesen, und er konnte es kaum erwarten, seinen Eltern alles darüber zu erzählen.

SILAS HÜPFTE INS ESSZIMMER, genau als seine Mutter das Essen servierte.

»Jemand scheint gut gelaunt zu sein. Hattest du einen schönen Tag?«, fragte seine Mutter und küsste ihn auf die Stirn, als er sich setzte.

»Ja, hatte ich. Ich hoffe, es macht dir nichts aus, dass ich mir deine alte Polaroid-Kamera ausgeliehen habe«, sagte Silas und machte sich über seine Spaghetti her.

»Die alte Polaroid? Ich bin überrascht, dass das Ding noch funktioniert«, lachte sein Vater.

»Erzähl, mein Sohn, berichte uns von deinem Tag«, strahlte seine Mutter.

Silas plapperte zwischen den Bissen und schob Fotografien über den Tisch. Er gab detaillierte Beschreibungen von jedem der Vögel und Insekten. Er sprach über den Bach und wie die Bäume in ungewöhnlichen Mustern wuchsen.

»Und dann fand ich...« Silas spürte, wie ihm wieder kalt wurde.

Wollte er seinen Eltern von der Hütte erzählen? Würde seine Mutter böse sein, dass er so weit draußen unterwegs war?

»Wasch haschtu gefumden?«, fragte sein Vater mit vollem

Mund, was ihm einen missbilligenden Blick von seiner Frau einbrachte.

»Eine alte Hütte – schau«, Silas schob das Bild zu seinem Vater, seine Hände zitterten bei dem Gedanken.

»Ach ja, der Makler sagte, dass es hier mal einen Hausmeister gab. Das erklärt, warum das Grundstück so verwildert ist. Seit Jahren hat sich niemand um die Gärten gekümmert«, lachte sein Vater und reichte das Bild seiner Mutter.

»Wie gruselig«, scherzte seine Mutter, schüttelte spöttisch ihre Schultern und machte große Augen.

»Ich hatte keine Angst. Ich habe keine Angst. Ich bin ein großer Junge, kein Kind«, beharrte Silas, mehr für sich selbst als für irgendetwas anderes.

»Ich habe nur Spaß gemacht, Liebling«, lachte seine Mutter. »Was hast du noch gefunden, mein kleiner Entdecker?«

Silas holte seinen Rucksack und präsentierte die wenigen Schätze, die er gefunden hatte. Das Gespräch seiner Mutter und seines Vaters wanderte langsam zu ihren neuen Jobs. Silas' Gedanken schweiften zurück zur Hütte. Seine Augen fixierten die über den Tisch verstreuten Bilder, was ihn entspannter machte. Dennoch wollte er den Rest der Details seiner Begegnung mit der Hütte für sich behalten.

»Mama? Kann ich jetzt mein Handy zurückhaben?«, fragte Silas.

»Nein, Schätzchen. Du brauchst es nicht; schau, wie viel Spaß du ohne es hattest. Das ist das Meiste, was ich dich seit unserem Umzug lächeln gesehen habe. Also räume dein Zimmer fertig ein, und während dein Vater und ich morgen bei der Arbeit sind, nimm dein Fahrrad und fahre in die Stadt. Finde neue Freunde, und dann werde ich darüber nachdenken, dir dein Handy zurückzugeben.«

»Komm schon, Joanna, gib dem Jungen sein Handy zurück. Er hat seine Lektion gelernt«, bestand sein Vater.

Die Augen seiner Mutter wurden streng, und sie warf sofort ihrem Mann einen Blick zu, der ihn zum Schweigen brachte.

»Ja, kein Handy, bis deine Mutter es sagt.«

Silas konnte nicht anders als zu lachen, was ihm ein Zwinkern und ein Lächeln von seiner Mutter einbrachte.

»Es ist das Beste, Liebling. Ich weiß, wie sehr du deine alten Freunde vermisst. Aber bevor du im Herbst wieder mit der Schule anfängst, solltest du diese Zeit nutzen, um neue Freunde zu finden. Wie willst du neue Freunde finden, wenn du dich auf die alten fixierst? Natürlich wirst du sie nicht vergessen. Sie können dich immer noch besuchen, aber du brauchst auch Freunde hier«, lächelte seine Mutter.

Immer wenn sie Silas diesen warmen, liebevollen Blick zuwarf, der in Hundeaugen überging, konnte Silas nicht anders, als die Liebe für seine Mutter in seinem Herzen wachsen zu fühlen. Er wusste, dass sie Recht hatte, und er wusste, dass sie es gut meinte. Anfangs mochte er wütend und widerwillig gewesen sein, aber wenn er sich selbst als erwachsen betrachtete, musste er aufhören, sich wie ein Kind zu benehmen.

»Du hast recht, Mama«, lächelte Silas, ging zum Stuhl seiner Mutter und umarmte sie fest.

7

SILAS Aß am nächsten Tag mit seiner Mutter und seinem Vater Frühstück, bevor sie zur Arbeit gingen. Sie winkten ihm zum Abschied, und Silas beobachtete, wie das Auto aus seinem Blickfeld verschwand. Er hatte seiner Mutter versprochen, in die Stadt zu gehen und neue Freunde zu finden. Aber die ganze Nacht hatte er an die Hütte im Wald hinter seinem Haus gedacht. Ja, Silas hatte seiner Mutter ein Versprechen gegeben, aber er hatte auch sich selbst etwas versprochen. Er hatte geschworen, zurückzugehen und mindestens eine Stunde zu bleiben, um sich selbst zu beweisen, dass er nichts zu befürchten hatte.

Silas sagte sich, er könne immer noch in die Stadt gehen, nachdem er bei der Hütte gewesen sei.

Ausgerüstet mit seinem Rucksack voller Snacks und der Polaroidkamera seines Vaters, holte Silas tief Luft und folgte dem Bach zurück durch den Wald. Als er schließlich die Hütte wiederfand, brauchte er eine Weile, um den Mut aufzubringen, hineinzugehen. Er wanderte um die Seiten herum und schaute durch jedes Fenster, um zu sehen, ob er irgendwelche Veränderungen zum

Vortag bemerken konnte. Es gab keine Fußspuren im Schmutz. Keine Spuren im Staub außer seinen eigenen wahnsinnigen Fußabdrücken von seiner Flucht.

Diesmal betrat Silas die Hütte durch die Vordertür. Sobald sein Fuß über die Schwelle trat, stellte er den Timer seiner Uhr und setzte den Alarm auf eine Stunde. Dann stand Silas stocksteif im Wohnzimmer und starrte auf den Türrahmen zum Schlafzimmer. Langsam machte er einen Schritt näher, dann einen weiteren, was ihm eine bessere Sicht von innen ermöglichte. Schließlich ging er geradewegs ins Herz des Raumes.

Es war nichts Besonderes an dem Raum; wenn überhaupt, fand Silas ihn im Vergleich zum Rest des Hauses enttäuschend. Das Fenster war fast vollständig von dem überwucherten Baum außerhalb des Fensters verdeckt, sodass nur ein winziges bisschen Licht durch die Zweige dringen konnte. Ein zerrissenes weißes Tuch hing vom Fensterrahmen herab, der Rest eines Vorhangspaares; die andere Hälfte lag schmutzig bedeckt auf dem Boden.

Unter dem Fenster stand ein einzelnes Bett mit Holzrahmen. Seine Matratze war zerrissen, und Federn standen in seltsamen Winkeln heraus. Das einzige andere Möbelstück im Raum war ein kleiner Stuhl in der Ecke. Das Schlafzimmer mochte nicht so interessant sein wie der Rest, aber trotzdem machte Silas so viele Fotos wie möglich.

Von Raum zu Raum zu gehen dauerte nicht lange. Silas durchschritt die kleine Hütte, bis ein lauter Piepton ihn aufschrecken ließ. Es war eine Stunde vergangen. Nichts war passiert. Keine Schreie, keine Schatten. Alles war in Ordnung. Silas lachte laut, seine Seite schmerzte vom vielen Lachen.

Ich war so dumm. Ich wusste, dass es nichts zu befürchten gab. Es war alles in meiner Fantasie. Ein Trick des Lichts, dachte Silas.

Auf dem Heimweg bewunderte Silas seine Bilder und die Natur um sein Zuhause herum mit einem neuen Selbstvertrauen.

Vielleicht konnte er doch in die Stadt gehen und neue Freunde finden.

SILAS' Fahrrad war nichts Besonderes, aber zu seinem Geburtstag im letzten Jahr hatten seine Mutter und sein Vater ihm genau das gleiche gekauft, das Jake und Ben hatten. Es bedeutete ihm die Welt, das gleiche Fahrrad wie seine Freunde zu haben.

Silas' Haus lag fünf Meilen von der nächsten Stadt entfernt. Eine lange, trockene, staubige Sandstraße, die einst eine alte Eisenbahnstrecke war, diente als einzige Einbahnstraße, die alle Häuser entlang der fünf Meilen langen Strecke mit der Stadt verband. Es war eine aufregende Fahrt, die Silas Zeit zum Nachdenken gab und um sich im Kopf eine Rede zu überlegen, wie er sich all den neuen Kindern vorstellen würde, die er treffen würde.

Soweit Silas erkennen konnte, waren die meisten Häuser in der Nähe wie seines – abgezäunt für Privatsphäre und mit einer langen Einfahrt, bevor man das Grundstück erreichte, alle von Bäumen verborgen, sodass man die Häuser nicht sehen oder überhaupt wissen würde, dass sie da waren.

Die Sonne strahlte herunter, und auf halbem Weg zur Stadt wurde Silas durstig. Er nahm seine Tasche ab, holte eine mittlerweile warme Wasserflasche heraus und nahm einen willkommenen Schluck. Vor ihm konnte er die Geräusche der Stadt hören. Motoren, gedämpfte Stimmen, Lachen und Maschinen erinnerten Silas an die Autoreparaturwerkstatt in der Großstadt. Eine Vielzahl von Gerüchen zog die Straße hinunter und ließ Silas' Magen knurren. Er fuhr weiter auf seinem Fahrrad und stellte sich die Geschäfte der Stadt vor. Er konnte einen Bäcker und vielleicht

Metzger riechen, als er näher kam, oder bildete er sich ein, dass er all das riechen konnte, weil er so hungrig war?

ALS SILAS in der Stadt ankam, wurde er nicht enttäuscht. Obwohl die Stadt klein war und nicht so voller Leben, wie er erwartet hatte, lächelten und winkten alle, an denen er vorbeifuhr. Alle schienen so einladend und freundlich. In der Stadt gab es tatsächlich Metzger, Bäcker und einen Blumenladen, sowie einen Buchladen, einen Lebensmittelladen, eine Bar und eine Bibliothek. In der Stadtmitte stand ein großer zweistöckiger Wasserbrunnen, umgeben von einem schönen üppigen Garten mit Rosen, Veilchen und Lilien.

Als Silas näher an den Brunnen heranfuhr, bemerkte er vier, vielleicht fünf Fahrräder wie seines, die an den Brunnen gelehnt waren. Dem Lachen folgend, das über das rauschende Wasser des Brunnens zu hören war, sah Silas eine Gruppe von Jungen. Einige waren auf Skateboards, andere auf Rollschuhen. Die Jungen waren ungefähr in Silas' Alter, aber einige sahen ein oder zwei Jahre älter aus. Sie lachten miteinander und brachten sich gegenseitig Tricks bei. Silas hielt an und beobachtete eine Weile, versteckt hinter einem großen Busch am Rand des Gartens.

Hi, ich bin Silas. Ich bin neu in der Stadt, kann ich euer Freund sein? Nein, das ist lahm, verfluchte sich Silas. *Hi, ich bin neu in der Stadt. Kann ich mit euch abhängen? Wow, das sieht so cool aus. Könnt ihr mir das beibringen?*

Je länger Silas zusah und je alberner die Einleitungen wurden, die er sich ausdachte, desto mehr drehte sich sein Magen um. Diese Jungen waren nichts wie seine Freunde zu Hause, und es waren viele von ihnen. Vielleicht hätte er es gewagt, Hallo zu sagen, wenn es nur zwei oder drei gewesen wären. Aber mit schwerem Herzen und einer neuen Welle von Einsamkeit, gemischt mit Heimweh, drehte Silas um und begann zurück aus der Stadt zu treten, zu dem neuen Haus, das er immer noch nicht als Zuhause bezeichnen konnte.

Gerade als Silas den Rand der Stadt erreichte, kurz davor, auf die lange, staubige, trockene Sandstraße zu gelangen, die eine einsame und anstrengende fünf Meilen lange Radtour sein würde, hörte er eine Glocke. Ein süßes metallisches Klingeln ließ ihn anhalten. Als er über seine Schulter schaute, sah er ein merkwürdig aussehendes Mädchen.

Ihr Fahrrad sah alt und abgenutzt aus, in Braun- und Cremetönen. Sie trug ein einfaches weißes Kleid, das bis unter ihr Knie reichte, mit weißen und gelben Sonnenblumen am Saum. Ihr Haar war golden wie die Sonne und zu zwei Zöpfen geflochten, die über ihre Schultern fielen. Ihr Gesicht war mit Sommersprossen bedeckt, die sich über ihre Nase spannten. Und ihre Hände waren in weiße Spitzenhandschuhe gehüllt.

Silas sah überrascht aus, als das Mädchen ihm zuwinkte, eine kleine, aber steife Geste. Langsam lächelte Silas und winkte zurück, während er darauf wartete, dass das Mädchen mit ihrem Fahrrad aufholte.

»Hi, ich bin Cassandra. Wie heißt du?«, fragte das Mädchen.

Bei näherer Betrachtung bemerkte Silas, dass sie ziemlich hübsch war. Sie hatte eine kleine, runde Stupsnase, tiefgrüne Augen und einen zierlichen, schmalen Mund mit hohen Wangenknochen, die rot wie Äpfel wurden, wenn sie lächelte.

»Ich bin Silas, ich bin neu in der Stadt«, lächelte Silas zurück.

»Das dachte ich mir schon. Ich habe dich hier noch nie gesehen«, kicherte Cassandra.

»Ja, meine Eltern und ich sind vor etwas mehr als einer Woche hierher gezogen. Ich wohne gleich oben an der Sandstraße, ganz am Ende«, Silas zeigte in Richtung seines Zuhauses.

»Oh mein Gott, ich auch. Willst du zusammen nach Hause fahren?«, fragte Cassandra aufgeregt.

»Klar, warum nicht?«, lächelte Silas.

Während sie die Sandstraße entlangfuhren, unterhielten sie sich darüber, wie seltsam sie den jeweils anderen fanden.

Cassandra bemerkte Silas' bizarren Namen und seinen seltsamen Akzent, und Silas kommentierte ihr alt aussehendes Fahrrad und ihre Oma-Kleidung. Keiner nahm Anstoß, sie lachten über jeden Kommentar.

»Sollen wir uns morgen am Ende der Straße treffen und zusammen zurück in die Stadt fahren?«, fragte Cassandra.

»Das würde ich gerne«, lächelte Silas.

Sie fuhren noch ein Stück weiter, bevor Silas anhielt, um zu sagen, dass er zu Hause sei. Als er sich umdrehte, war Cassandra verschwunden.

Oh, deswegen hat sie gefragt, ob wir uns morgen treffen sollen. Oh Mann, ich war so unhöflich, nicht einmal auf Wiedersehen zu sagen. Ich hoffe, sie nimmt es mir nicht übel, dachte Silas, als er seine Tore öffnete und zum Haus hinaufradelte.

8

AM NÄCHSTEN TAG, als Silas mit seinem Fahrrad den Feldweg in die Stadt nahm, freute er sich zu sehen, dass Cassandra genau dort wartete, wo sie sich verabredet hatten. Doch nachdem sie auf ihrer gemeinsamen Heimfahrt verschwunden war, befürchtete Silas, dass ihre Freundschaft nur ein Streich oder ein gemeiner Trick der Jungs aus der Stadt sein könnte.

»Guten Morgen, Silas. Was machen wir heute?«, fragte Cassandra mit einem Lächeln.

»Na ja, du kennst diese Stadt besser als ich. Magst du mir alles zeigen?«

»Natürlich, folge mir.«

Cassandra und Silas verbrachten den Tag damit, mit dem Fahrrad durch die Stadt zu fahren. Zuerst zeigte Cassandra Silas den See, der die Stadt umgab, von ihrem Lieblingsplatz auf den Hügeln aus, der einen perfekten Blick auf die Stadt darunter bot. Dann gingen sie zur Bäckerei, um Kekse und Kuchen zu kaufen, und tauschten Geschichten am Brunnen auf dem Marktplatz aus. Silas mochte Cassandra; sie war intelligent und witzig und erzählte die seltsamsten Anekdoten. Sie faszinierten und begeisterten Silas. Er hatte fast vergessen, dass er sein Handy, Social Media oder seine alten Freunde aus der Stadt nicht mehr hatte. Sie erkundeten die Gegend und redeten so lange, dass die Sonne schon unterzugehen begann, bevor sie es bemerkten.

»Oh nein, ich sollte besser nach Hause gehen, bevor meine Eltern anfangen, sich Sorgen zu machen. Sie werden schon von der Arbeit zurück sein«, erklärte Silas.

»Sollen wir uns morgen wieder treffen?«, fragte Cassandra.

»Klar«, lächelte Silas.

Cassandra und Silas trafen sich für den Rest der Woche jeden Tag am Ende der Straße. Am zweiten Tag fuhren sie zum See am anderen Ende der Stadt. Es war ein herrlich sonniger Tag, und sie wollten sich abkühlen. Silas hatte ein Picknick für sie vorbereitet, das sie nach dem Schwimmen genießen wollten. Cassandra war eine großartige Schwimmerin; Silas brauchte etwas Übung, da er in der Stadt nicht viel schwamm, und Cassandra lachte die paar Male, als er zu kämpfen hatte und fast ertrank.

Am nächsten Tag gingen sie in die Bibliothek und lasen Abschnitte aus ihren Lieblingsbüchern vor. Silas wurde nur zweimal von der grimmig dreinblickenden Bibliothekarin zur Ruhe ermahnt.

»Ich kann nicht glauben, dass du noch nie ein Comic-Heft gesehen hast«, flüsterte Silas und beobachtete dabei genau die Bibliothekarin.

Ein weiterer Ausbruch, und Silas wusste, dass sie rausgeworfen werden würden.

»Doch, hab ich... ich habe nur dieses noch nie gesehen. Es ist so seltsam. Ich liebe es. Es ist so hell und farbenfroh, und die Vorstellung von einem Mann, der fliegen kann, ist erstaunlich«, jubelte Cassandra.

»Diese Stadt liegt wirklich im Niemandsland, wenn du noch nie von Superman gehört hast«, scherzte Silas.

»SILAS, wie spät glaubst du ist es? Dein Vater und ich haben uns schon Sorgen gemacht, du hättest dich verlaufen«, geriet seine Mutter in Panik und umarmte ihn fest, als er nach Hause kam.

»Tut mir leid, ich war mit Cassandra unterwegs. Bevor wir es merkten, war der Tag schon vergangen«, antwortete Silas.

»Wer ist Cassandra?«, fragte sein Vater mit einem schelmischen Grinsen.

»Meine neue Freundin. Sie ist so cool. Sie kleidet sich komisch und redet etwas seltsam, wie eine alte Dame. Wie Oma, aber sie ist cool. Sie hat mir die ganze Stadt gezeigt, und wir sind zusammen mit dem Fahrrad nach Hause gefahren. Sie wohnt auch hier in der Gegend«, plapperte Silas aufgeregt, froh, über seine neue Freundin reden zu können.

»Das ist schön, Liebling; ich freue mich, dass du Freunde findest.«

»Ich schätze, du brauchst dein Handy doch nicht die ganze Zeit«, sagte sein Vater mit einem Augenzwinkern.

Für den Rest der Woche konnte Silas beim Abendessen nur über Cassandra und die Abenteuer sprechen, die sie an diesem Tag erlebt hatten. Sie wurden schnell enge Freunde.

»Du solltest sie mal zum Abendessen einladen«, schlug Silas' Mutter vor.

»Das würde ich, aber ihr Vater ist streng – sie muss vor Einbruch der Dunkelheit zu Hause sein und darf danach nicht mehr raus. Ich glaube, er arbeitet bei der Polizei oder so. Sie hat etwas darüber erwähnt, dass er Polizist ist. Das ist auch der Grund, warum ich ihr Haus noch nicht besucht habe. Sie darf keine Freunde nach Hause einladen, wenn ihre Eltern nicht da sind«, antwortete Silas.

»Das ist klug. Ihr Vater hört sich vernünftig an. Ich stimme auch zu, dass man keine Freunde einladen sollte, wenn man allein zu Hause ist.«

»Vielleicht könnten wir eines Abends auch ihre Eltern einladen?«, fragte Silas.

»Wow, du magst dieses Mädchen wohl wirklich«, piepste sein Vater.

»Papa, sie ist meine Freundin«, errötete Silas.

9

SILAS SCHLIEF FRIEDLICH in seinem Bett, warm eingewickelt in seine dicke Decke. Er träumte von den Abenteuern, die er und Cassandra für den nächsten Tag geplant hatten, und davon, wie er sie Louise, Caroline, Jake und Ben vorstellen würde, wenn diese endlich zu Besuch kämen. Silas war glücklich, zufrieden und freute sich darauf, im Herbst zum ersten Mal seit dem Umzug nach Golden-Vale mit der Schule anzufangen.

Sein friedlicher Traumzustand wurde plötzlich von demselben markerschütternden Schrei gestört, den er gehört hatte, als er die Hütte entdeckte. Kerzengerade aufrecht sitzend, keuchte Silas und drückte seine Hand gegen seine Brust. Er spürte, wie sein Herz raste. Dann, mutiger als zuvor, spähte er aus seinem Fenster. Es war zu dunkel, um zu sehen, ob etwas ungewöhnlich war.

Silas konnte immer noch das laute Schnarchen seines Vaters von der unteren Etage hören. Wie hatten seine Eltern durch den Lärm geschlafen? Hatten sie es gehört? Neugierig schlich Silas

nach unten vor das Zimmer seiner Eltern. Als er vorsichtig hinein-
spähte, sah er, dass sie noch immer tief schliefen.

Bei Papas Schnarchen und Mamas Ohrstöpseln ist es kein Wunder,
dass sie nichts gehört haben, sagte Silas zu sich selbst.

Neugierig und überraschend furchtlos beschloss Silas,
weiterhin mutig zu sein. Zumindest würde er eine weitere span-
nende Geschichte zu seiner Sammlung hinzufügen und etwas
Aufregendes haben, um es Cassandra am Morgen zu erzählen. Er
zog sich schnell an, schnappte sich eine Taschenlampe und seine
Kamera und schlich so leise wie möglich die Treppe hinunter.

Durch die Hintertür schleichend, folgte Silas dem Bach bis zur
Hütte. Silas' nächtlicher Spaziergang durch den Wald war beängs-
tigender als die Verfolgung eines geheimnisvollen, schreienden
Monsters in einem verlassenen Haus. Der Wald schien lebendig
zu sein. Grillen zirpten. Eulen schuhuten. Bei jedem Rascheln im
Gebüsch und jedem Knacken eines Zweiges zuckte Silas zusammen. Aber er war auf einer Mission und würde nicht nach Hause
gehen, bevor er die Hütte überprüft hatte.

Schließlich tauchte die Hütte auf; sie war nachts noch
unheimlicher. Der Wind pfiff durch das Gebäude, aber abgesehen
davon war bei Silas' Untersuchung alles normal. Er hatte seit dem
Verlassen seines Zimmers keinen weiteren Schrei gehört. Die
Hütte war genau in dem Zustand, in dem er sie verlassen hatte.
Verwirrt und etwas enttäuscht machte Silas sich auf den
Heimweg.

Silas konnte nicht verstehen, wie seine Eltern nicht aufge-
wacht waren. War er der Einzige gewesen, der den Schrei gehört
hatte? Cassandra wohnte in der Nähe. Silas fragte sich, ob sie ihn
auch gehört hatte. Er plante, sie am Morgen danach zu fragen,
und hoffte, dass sie nicht wie er auf die Suche gegangen war.

»Ich gehe los, um Cassandra zu treffen. Habt einen schönen Arbeitstag«, rief Silas seinen Eltern zu.

»Silas, warte. Hier ist dein Handy zurück«, lächelte seine Mutter.

»Danke, Mama. Bis später.«

Silas wartete eine halbe Stunde lang am Ende der Auffahrt. Es gab kein Zeichen von Cassandra. Er wartete noch ein bisschen länger, aber sie tauchte immer noch nicht auf.

Vielleicht hat sie beschlossen, in die Stadt zu fahren, dachte Silas.

Silas radelte durch die Stadt und suchte nach ihr, aber immer noch ohne Erfolg. Er überprüfte alle ihre Lieblingsplätze: den See, die Bäckerei, den Brunnen und die Bibliothek. Schließlich gab Silas auf und fuhr nach Hause. Silas fühlte sich dumm; er hatte ihr nie angeboten, sie nach Hause zu begleiten, also wusste er nicht, wo sie wohnte. Und selbst ohne sein Handy hatte er nie nach ihrer Festnetznummer gefragt. Also hatte er keine Möglichkeit, mit ihr in Kontakt zu treten. Ein seltsames Drehen in seinem Magen sagte ihm, dass etwas nicht stimmte, und er hoffte, dass es ihr gut ging.

Drei Tage vergingen, und Silas hatte Cassandra immer noch nicht gesehen. Besorgt beschloss er, zurück in die Stadt zu fahren und zu fragen, ob jemand sie gesehen hatte. Er begann am See. Gruppen von Kindern aller Altersgruppen schwammen, tanzten zu Musik aus ihren Boom-Boxen und aßen auf Picknickdecken.

Cassandra würde das lieben, dachte Silas.

»Hi Leute, habt ihr Cassandra gesehen... oh Mist, ich kenne ihren Nachnamen nicht. Sie ist ein bisschen seltsam, blond und fährt ein altes, rostiges Fahrrad. Ihr habt sie wahrscheinlich mit mir zusammen in der Stadt gesehen«, fragte Silas eine Gruppe von Jungen auf Skateboards.

»Ich kenne niemanden in dieser Stadt, der Cassandra heißt«, antwortete ein Junge.

»Nun, sie wohnt wie ich oben an der Feldstraße«, sagte Silas.

»Alter, es ist eine kleine Stadt. Selbst wenn du kilometerweit entfernt wohnst, kennt in dieser Stadt jeder jeden«, spottete ein anderer.

Silas ging weiter am Ufer entlang und fragte eine Gruppe von Mädchen und eine kleine Familie. Er erwähnte, dass ihr Vater ein Polizist sei, in der Hoffnung, dass einer der Erwachsenen ihn kennen würde, aber niemand tat es. Verwirrt und besorgter denn je machte er sich auf den Weg zur Bäckerei.

»Hallo Frau Jackson, haben Sie Cassandra gesehen? Ich habe sie seit ein paar Tagen nicht mehr gesehen und mache mir langsam Sorgen. Niemand sonst scheint sie zu kennen. Es ist seltsam.«

»Cassandra? Wer ist Cassandra?« fragte Frau Jackson, während sie einen anderen Kunden bediente.

»Das Mädchen, mit dem ich in der Stadt herumgeradelt bin. Wir waren Anfang der Woche hier. Sie müssen sich erinnern«, beharrte Silas.

»Tut mir leid, Schätzchen. Ich kann mich nicht erinnern, dich mit jemandem gesehen zu haben. Aber um ehrlich zu sein, habe ich mir Sorgen um dich gemacht.«

»Warum?« fragte Silas.

»Nun, es gibt viele Kinder in dieser Stadt, aber du bist immer allein«, antwortete Frau Jackson und eilte davon, um den Alarm des Kuchenofens abzustellen, der ihr mitteilte, dass der nächste Schwung Cupcakes fertig war.

Silas versuchte es am Brunnen, im Buchladen und auf der

Polizeiwache, noch verwirrter als zuvor. Jeder schaute ihn an, als wäre er verrückt geworden. Niemand kannte eine Cassandra, und keiner der Beamten auf der Wache hatte eine Tochter, Schwester oder Nichte namens Cassandra.

»Es ist so traurig. Diese Großstadtkinder haben immer Schwierigkeiten, sich an das Kleinstadtleben anzupassen. Er hat sich eingeredet, dass sein imaginärer Freund echt ist«, hörte Silas die Floristin zu einem ihrer Kunden sagen.

Imaginärer Freund? Warum denken sie das?

Silas fühlte sich frustriert, fast als könnte er weinen. Er sorgte sich um Cassandra. Es beunruhigte ihn, dass niemand sie kannte, und er hasste es, wie alle annahmen, er sei verrückt. Etwas stimmte nicht.

10

SILAS WAR NOCH NIE JEMAND, der aufgab und er war entschlossen, nicht nach Hause zu gehen, bis er jemanden fand, der Cassandra kannte. Er dachte über ihre einwöchige Freundschaft nach und entschied, dass die Bibliothek seine letzte Chance war. Die alte, mürrische Bibliothekarin hatte sie ein paar Mal ermahnt, leise zu sein. Sie musste wissen, wer Cassandra war. Sie würde einen Eintrag über ihren Bibliotheksausweis, ihre Adresse und Telefonnummer haben.

Aufregung durchfuhr ihn und ließ seine Haut vor Gänsehaut kribbeln. Endlich fühlte sich Silas entspannt, erleichtert und hoffnungsvoll. Antworten waren nur eine kurze Radtour entfernt. Der Tag war schon verrückt genug gewesen, jetzt war er kurz davor, Antworten zu bekommen. Aber er konnte es auch kaum erwarten, seinen Eltern von seinem bizarren Tag zu erzählen.

Die Bibliothek war praktisch leer. Die meisten Kinder waren am See, weil es der heißeste Tag des Jahres war. Die mürrische alte Bibliothekarin saß hinter dem Schreibtisch und las. Sie hatte nicht einmal bemerkt, dass Silas hereingekommen war. Silas wanderte leise durch die Bibliothek und suchte alle verschiedenen Bereiche ab, in denen er und Cassandra ihre gemeinsamen Tage verbracht hatten. Silas hatte gehofft, sie lesend in einem ihrer Lieblingsbücher aus alten Zeiten zu finden oder staunend in der Comic-Abteilung, aber sie war auch nicht in der Bibliothek.

»Entschuldigen Sie«, flüsterte Silas und tippte sanft mit den Fingern auf den Schreibtisch vor der Bibliothekarin.

Elegant schloss sie ihr Buch und spähte über ihre Halbmondbrille hinweg, die Bibliothekarin sah Silas endlich an.

»Oh, der laute Junge von neulich. Wie kann ich dir helfen?«

»Ich habe Angst. Ich kann meine Freundin nicht finden. Ich habe die ganze Stadt abgesucht und alle gefragt, aber sie schauen mich alle an, als wäre ich verrückt. Ich bin nicht verrückt. Es sind jetzt drei Tage«, geriet Silas in Panik.

»Es tut mir leid, aber ich kann dir nicht helfen. Hast du es bei der Polizeistation versucht?«, fragte die Bibliothekarin.

Sie kam hinter ihrem Schreibtisch hervor und begann, einen Wagen mit Büchern zu schieben, die neu einsortiert werden mussten. Sie versuchte, ein Gespräch mit Silas zu vermeiden, aber Silas würde nicht so leicht aufgeben. Die Bibliothekarin war seine letzte Hoffnung.

»Ich war bei der Polizeistation und wurde aufgefordert, die Polizeizeit nicht zu verschwenden. Die Floristin meinte sogar, ich hätte eine imaginäre Freundin, aber das stimmt nicht. Sie haben mich mit ihr gesehen.«

»Mit wem gesehen?«

»Cassandra, meine Freundin. Sie haben uns gesagt, wir sollen leise sein, als wir neulich gelacht haben.«

Die Bibliothekarin blieb wie angewurzelt stehen und stemmte eine Hand in die Hüfte. Sie drehte sich um und musterte Silas von oben bis unten. Dann verdrehte sie die Augen, seufzte und stellte die Bücher ins Regal.

»Ich habe keine Ahnung, wovon du redest. Du warst allein, als du das letzte Mal hier warst. Ich fand dich unhöflich und etwas seltsam. Wie du da saßt und mit dir selbst gesprochen hast.«

»Was? Ich war nicht allein. Sie war hier bei mir«, beharrte Silas.

»Ich weiß nicht, was ich dir sagen soll, kleiner Mann. Ich habe dich immer nur allein gesehen. Wenn du mich jetzt entschuldigst, ich habe zu tun.«

Silas blieb wie versteinert stehen. Dann, allmählich verärgert, dass ihn niemand ernst nahm, rannte er vor den Bücherwagen der Bibliothekarin und zwang sie, anzuhalten und zuzuhören.

»Sie *müssen* sich daran erinnern, sie bei mir gesehen zu haben. Sie ist blond mit Pony und langen Zöpfen. Sie hat Sommersprossen auf den Wangen und über der Nase...«

Als Silas fortfuhr, Cassandra so detailliert wie möglich zu beschreiben, wurden die Augen der Bibliothekarin immer größer.

Langsam nahm sie ihre Brille ab und umklammerte ihre Perlenkette. Sie schien verängstigt zu sein. Ihr Atem kam in kurzen, schnellen Stößen. Alle Farbe wich aus ihren Wangen, und sie zitterte, als ob ein kalter Luftzug über sie hinweggefegt wäre.

»Wie sagtest du, heißt sie?«

»Cassandra«, antwortete Silas.

Die Bibliothekarin schaute über ihre Schulter und prüfte, wie voll die Bibliothek war, bevor sie sanft Silas' Hand ergriff und ihn zum hinteren Teil des Gebäudes und zum alten Mikrofilm-Betrachter führte. Die Maschine brauchte eine Weile, um zum Leben zu erwachen. Es sah aus, als wäre sie seit Jahren nicht benutzt worden, mit einer dicken Staubschicht bedeckt.

Silas beobachtete nervös, wie die Bibliothekarin begann, durch alte Zeitungen zu blättern. Schlagzeilen blitzten vor seinen Augen auf, und sie blätterte weiter zurück. Schließlich hielt sie bei einem Bild eines jungen Mädchens an, das vor einem Haus stand,

ihr neues Fahrrad haltend. Hinter ihr stand ein Mann in einer
Armeeuniform mit einer rauchenden Pfeife zwischen den
Zähnen.

»Ist sie das?«, fragte die Bibliothekarin und zeigte auf den
Bildschirm.

»Ja. Aber ich verstehe nicht«, keuchte Silas.

Das Haus auf dem Bild war sein Haus. Es war unbestreitbar;
direkt neben der Veranda stand das Auto, aber es sah brandneu
aus. Das Foto war mit 1922 datiert. Es war hundert Jahre alt.

»Ich kann es nicht glauben«, keuchte die Bibliothekarin.

»Das ist mein Haus. Wer ist sie? Was geht hier vor?«, geriet
Silas in Panik.

»Sie war die Tochter des Generals. Sie wurde in eine Irrenanstalt eingewiesen, als sie anfing, sich seltsam zu verhalten.«

»Seltsam wie?«, fragte Silas.

»Wie heißt du?«

»Mein Name? Silas Jones, warum?«, antwortete Silas.

»Oh, du meine Güte«, geriet die Bibliothekarin in Panik und
fächelte sich mit der Hand Luft zu.

»Was ist los?«, fragte Silas.

»Lies es.«

Verängstigt wandte sich Silas wieder dem Bildschirm zu und
begann zu lesen. Plötzlich wurde die Luft um ihn herum kalt. Sein
Herz hämmerte in seiner Brust, und seine Hände zitterten. Er
konnte nicht glauben, was er las.

Der Artikel erzählte die herzzerreißende Geschichte der
Tochter des Generals, die eines Tages anfing, sich seltsam zu
verhalten. Man fand sie im Gespräch mit einem unsichtbaren
Jungen, von dem sie behauptete, er käme aus der Zukunft. Ihre
Mutter hatte ihren Vater angefleht, sie nicht einweisen zu lassen,
aber der General war ein harter Mann und zerrte sie aus ihrem
Zimmer. Cassandra hatte ihren Vater angefleht und gebeten, ihr

zu glauben. Sie erzählte ihrem Vater von den Büchern, die der Junge ihr gezeigt hatte, von einem Mann, der fliegen konnte und einen roten Umhang trug. Sie versuchte, sich zu beweisen, indem sie den Jungen beschrieb, der kürzlich aus der großen Stadt in die Stadt gezogen war. Aber nichts, was sie sagte, konnte ihren Vater überzeugen, dass sie bei Verstand war. Als das Personal der Anstalt sie aus ihrem Zuhause schleifte, schrie sie so laut, dass es in der ganzen Stadt zu hören war. Die letzten Worte des Artikels ließen Silas vor Angst zurückspringen. Cassandras letzte Worte, bevor ihr Vater sie in die Anstalt einweisen ließ.

»*Silas Jones. Sein Name ist Silas Jones!*«

Ende.

AUFGEDREHT

11

Es WAR WIEDER diese Zeit des Jahres. Gordon, der Leuchtturmwärter, sollte seinen zweiwöchigen Urlaub antreten, wie er es jeden Sommer seit dreißig Jahren tat. Dieses Jahr plante er, ins Landesinnere zu fahren, um seine Tochter zu besuchen. Sie hatte gerade Gordons fünftes Enkelkind zur Welt gebracht, einen wunderschönen kleinen Jungen namens John.

Gordon mochte sich jedes Jahr auf seinen Urlaub freuen, aber der Rest der kleinen Küstenstadt tat es nicht. Wenn der Leuchtturmwärter auf seiner jährlichen Reise war, musste jemand aus der Stadt den Leuchtturm betreiben.

Der Leuchtturm hatte eine Geschichte – eine Geschichte, die jeden veränderte, der ihn betrat. Frühere Freiwillige waren verschwunden, gestorben oder nie wieder dieselben gewesen. Als also der Sohn des Metzgers nach seinen zwei Wochen im Leuchtturm kreidebleich und unfähig, einen Satz zu bilden, zurückkehrte, wussten alle, dass etwas nicht stimmte. Als aus Wochen Monate wurden und der arme Junge immer noch vor seinem eigenen Schatten zurückschreckte und unter heftigen Nachtangriffen litt, hörten die anderen Dorfbewohner schnell auf, sich freiwillig zu melden.

Der Lebensunterhalt der Stadt hing von den Schiffen ab. Sie segelten mit Waren ein. Und Touristen kamen mit Flusskreuzfahrten, um die reiche Geschichte der Stadt zu erkunden. Damit die Stadt überleben konnte, musste jemand den Leuchtturm für diese zwei Wochen betreiben. Gerüchte verbreiteten sich wie ein Lauffeuer, dass Gordon von den seltsamen Dingen wusste, die während der zwei Sommerwochen passierten, und dass er deshalb wegging. Andere Gerüchte besagten, dass Gordon die Freiwilligen ermordete. Und wenn er sie nicht töten konnte, erschreckte er sie zu Tode. Die Geschichten machten die Runde und wurden immer verrückter und weit hergeholter. Aber eines war sicher: Niemand wollte sich freiwillig melden.

»Hört, hört, versammelt euch alle!« rief der Stadtausrufer. Er war bereit, die Bekanntmachung des Bürgermeisters zu verlesen.

Eine kleine Menschenmenge versammelte sich, um den Neuigkeiten zu lauschen.

»Es ist wieder diese Zeit des Jahres, in der ein Freiwilliger den Leuchtturm betreiben muss. Dieses Jahr bietet der Bürgermeister ein Gehalt von fünfhundert Dollar an, um Freiwillige anzulocken. Um sich anzumelden, gehen Sie bitte zum Büro des Bürgermeisters. Die Bewerbungsfrist für Freiwillige endet am Freitag!« rief der Ausrufer, während er seine Glocke läutete.

Die Menge stöhnte und ging ihrem Alltag nach. Kein Geldbetrag schien auszureichen. Als sich bis zum Ende der Woche niemand angemeldet hatte, schickte der Bürgermeister eine weitere Nachricht, in der er anbot, die Bezahlung auf achthundert Dollar zu erhöhen. Aber immer noch nahm niemand den Job an. Schließlich wurde der Bürgermeister müde und berief eine Stadtversammlung ein.

»Da niemand freiwillig den Leuchtturm betreiben will, werde

ich von nun an eine Lotterie abhalten. Ein Name wird per Zufall aus dem Hut gezogen, und diese Person wird den Leuchtturm betreiben, bis Gordon aus seinem Urlaub zurückkommt«, sagte der Bürgermeister.

»Was? Sie können uns nicht zwingen!« protestierten die Stadtbewohner.

»Welche Wahl habe ich? Der Sommer ist unsere geschäftigste Jahreszeit. Wenn wir den Leuchtturm vernachlässigen, wird unsere kleine Stadt zerfallen. Unsere Wirtschaft braucht diesen Leuchtturm. Ich habe ein sehr großzügiges Gehalt für eine zweiwöchige Vertretung angeboten, aber das scheint nicht zu funktionieren. Also wird eine Lotterie durchgesetzt. Wenn Sie nicht teilnehmen möchten, können Sie die Stadt gerne verlassen. Während dieser zwei Sommerwochen sind keine Urlaube erlaubt, um Ausreißer zu vermeiden. Das sind die Regeln.«

Von diesem Moment an wurde die Leuchtturm-Lotterie geboren.

»Was passiert, wenn Gordon in Rente geht? Wer wird dann den Leuchtturm dauerhaft übernehmen?«

»Ich wette, der Bürgermeister wird auch dafür eine Lotterie abhalten.«

Die Tochter des Bankiers, Kate, war der erste Name, der gezogen wurde. Sie war gerade achtzehn geworden und sollte im Herbst aufs College gehen. Sie flehte ihren Vater an, die Plätze zu tauschen, und verlangte eine neue Ziehung, aber niemand trat vor.

Als sie zwei Wochen später aus dem Leuchtturm kam, sprach sie wochenlang nicht. Sie aß nicht und war nur noch ein Schatten ihrer selbst. Bis zum Ende des Sommers hatte sie sich zum Rand der Klippe geschlichen und ins Meer gesprungen, um nie wieder gesehen zu werden.

Earl, der Besitzer der Fischereiflotte der Stadt, wurde im Jahr darauf ausgerufen. Er ging hinein, kam aber nie wieder heraus.

Es waren fast zwei Jahrzehnte seit der Gründung der Lotterie vergangen, dass sich zuletzt jemand freiwillig gemeldet hatte. Der Bürgermeister hatte die Lotterie ins Leben gerufen, um den Seehandel der Stadt zu retten. Aber mit den Jahren verließen immer mehr Menschen die Stadt. Niemand wollte an der Lotterie teilnehmen; die Angst, dass ihr Name gezogen wurde, war fast so schlimm wie die Angst vor dem alten Leuchtturm selbst.

Um zu versuchen, die Menschen in der Stadt zu halten und sie zu ermutigen, sich freiwillig zu melden, bot der Bürgermeister einen Gehaltsscheck von eintausend Dollar für jeden Freiwilligen, kostenlose Essenslieferungen und ein kleines Haus am Stadtrand – das Haus würde nur an einen Freiwilligen gehen. Doch es reichte immer noch nicht aus.

12

JAKE und sein Vater waren gerade in die Stadt gezogen. Eine Gelegenheit, die Leitung eines Thunfischboots zu übernehmen, hatte sich ergeben, mit einem Gehalt, das doppelt so hoch war wie das, was Jakes Vater gewohnt war. Ein Boot war inbegriffen, sowie ein Haus mit drei Schlafzimmern. Es war für Jakes Vater schwer, die Stelle abzulehnen.

Jake war nicht glücklich darüber, in die Mitte von Nirgendwo in eine stinkende Fischerstadt zu ziehen. Aber bis er genug Geld hatte, um sich eine eigene Wohnung zu leisten und sein Auto zu reparieren, musste er dorthin gehen, wo sein Vater hinging.

Jakes Vater hatte immer darauf bestanden, dass Jake in seine Fußstapfen treten und Fischer werden sollte. Aber Jake hasste Fisch und hasste das Meer noch mehr. Auf den Wellen zu surfen oder schnell schwimmen zu gehen war lustig, aber Boote waren etwas, das Jake nicht ertragen konnte. Es war ein Thema, über das Jake und sein Vater oft stritten.

»Wenn du nicht vorhast, Fischer zu werden wie ich, dein Großvater und sein Vater vor ihm, was hast du dann vor zu tun? Hä?«, argumentierte Jakes Vater.

»Ich weiß es nicht, Papa. Aber ich will kein Fischer sein. Das Geld ist mies, und es stinkt, buchstäblich. Ich will mehr von meinem Leben. Ich will reisen und mir keine Gedanken über Rechnungen machen«, entgegnete Jake.

»Ha! Und wie willst du das ohne Job machen? Ohne Geld und ohne Plan?«

»Ich werde es schon herausfinden, Papa, aber alles, was ich weiß, ist, dass ich kein dummer Fischer werde!«

Jake stürmte davon, verließ ihre kleine Hütte auf dem Hügel und ging zum Café in der Stadt. Sein Vater rief ihm nach, aber Jake hörte nicht zu. Er hatte seit Jahren, seit seine Mutter gegangen war und seine ältere Schwester nach Chicago gezogen war, die gleichen Argumente gehört. Er war es leid, immer die gleiche Diskussion zu führen und all die Erwartungen seines Vaters auf seinen Schultern zu tragen.

Eine Sache, die Jake nicht leugnen konnte, war, dass sein Vater, obwohl er ihn wütend machte, einen Punkt hatte. Jake brauchte einen Plan für die Zukunft und zumindest seinen ersten Job, um seinen Lebenslauf aufzubauen. Also nahm er eine Zeitung, bestellte einen Kaffee und setzte sich in die Ecke des Cafés, versteckt vor der Welt, allein mit seinen Gedanken.

Mit einem Stift kreiste er Job um Job und Studiengang um Studiengang ein, um später darauf zurückzukommen, aber nichts sprang ihn an wie die Antwort auf all seine Gebete. Eine kleine Anzeige war in der Zeitung platziert, die eintausend Dollar für zwei Wochen Arbeit, Unterkunft, Verpflegung und sogar ein Haus am Ende der Stelle anbot. Jake las die Anzeige vier oder fünf Mal, um sicherzugehen, dass er es richtig verstanden hatte. Alles, was er tun musste, war den Leuchtturm auf der Klippe zu betreuen. Er zog sein Handy aus der Tasche und wählte die Nummer in der Anzeige.

»Guten Tag, Büro des Bürgermeisters. Rachel am Apparat, wie kann ich Ihnen helfen?«, ertönte eine süße Stimme.

»Hallo, mein Name ist Jake. Ich rufe wegen der Leuchtturmstelle an, die in der Kreiszeitung inseriert ist.«

»Ernsthaft?... Bitte bleiben Sie dran, während ich Sie verbinde.«

Jake konnte sein Glück kaum fassen. Die Anzeige war kein Scherz; es schien zu gut, um wahr zu sein. Also vereinbarte er ein Treffen mit dem Bürgermeister, um zu sehen, wo er untergebracht werden würde, und die letzten Details zu bestätigen.

Am nächsten Tag traf Jake den Bürgermeister. Der Leuchtturm stand direkt am Rand der Klippe; die Aussicht war unglaublich. Der Raum, in dem er wohnen würde, befand sich im Erdgeschoss, ein kleiner Raum, gerade groß genug für ein Einzelbett, einen kleinen Schreibtisch und einen einzelnen Stuhl. Der Job würde einfach genug sein, und er könnte am Strand surfen, wenn er nicht arbeitete.

»Ich muss nur ein paar Dinge bestätigen. Wie alt bist du?«, fragte der Bürgermeister.

»Siebzehn, Sir.«

Der Bürgermeister nickte. »Bist du sicher, dass du diesen Job annehmen willst?«

»Machen Sie Witze? Ich kann tagsüber surfen und nachts meine Lieblingsshows und -filme streamen: kostenloses Essen, super Bezahlung und am Ende mein eigenes Haus. Ich habe niemanden, der mir sagt, was ich tun kann und was nicht, und keine jüngeren Geschwister, auf die ich aufpassen muss, und ich bekomme eintausend Dollar für zwei Wochen Arbeit. Ich würde diesen Job Vollzeit machen, wenn ich könnte. Was gibt es da nicht zu lieben?«

»Du bist nicht von hier, oder? Wie auch immer. Du fängst am Montag an.«

»Wohin gehst du?«, verlangte Jakes Vater zu wissen und blockierte die Tür.

»Ich habe einen Job; Unterkunft inklusive«, antwortete Jake und warf seine Sachen in seinen Koffer.

»Wo?«

»Der Leuchtturm«, antwortete Jake.

Sein Vater verschränkte die Arme und starrte auf Jake herab. Jake wusste, dass sein Vater wütend war. Aber mit Jake weg, wen würde er herumkommandieren? Wer würde die Hausarbeit erledigen und sich um seine jüngeren Schwestern kümmern, die nie etwas anderes zu wollen schienen, als Chaos anzurichten?

»Wer wird sich um das Haus kümmern, wenn ich bei der Arbeit bin? Wer wird auf deine Schwestern aufpassen?«

»Karla ist sechzehn und Sam ist dreizehn. Papa, sie können auf sich selbst aufpassen. Du wolltest, dass ich einen Job bekomme; du kannst nicht sauer sein, dass ich losgegangen bin und einen bekommen habe«, fauchte Jake.

Jake erkannte, dass sein Vater zum ersten Mal in seinem Leben nichts zu sagen hatte. Jake hatte die Wahrheit gesprochen. Er hatte den Rat seines Vaters genommen und ihn gegen ihn verwendet. Außerdem, welcher andere Siebzehnjährige bekam schon so eine Gelegenheit? Jake wäre verrückt, es nicht zu versuchen.

13

JAKE KAM KURZ nach Tagesanbruch am Leuchtturm an. Gordon, der Leuchtturmwärter, lehnte an der Mauer, rauchte eine Pfeife und wartete auf Jakes Ankunft. Der Leuchtturm wurde von den Sonnenstrahlen am Horizont umrahmt. Dies verlieh dem Leuchtturm ein Leuchten, das Jake sagte, dass er die richtige Entscheidung getroffen hatte.

Der Leuchtturm sah im Morgenlicht etwas anders aus – Ein hohes weißes Gebäude mit einem roten Dach, mit einem kleinen einräumigen Gebäude, das in die Seite eingebaut war, wo Jake schlafen konnte. Die Anhöhe, auf der der Leuchtturm stand, bot einen wunderschönen Blick auf das Meer und den Strand darunter. Jake wurde mit jeder verstreichenden Sekunde aufgeregter.

Gordon war ein älterer Herr mit einer Fülle dichter, weißer Haare und einem Bart, der als Weihnachtsmannbart hätte durchgehen können. In einem langen blauen wasserdichten Mantel stehend, musterte Gordon Jake sorgfältig und betrachtete das nächste Opfer des Leuchtturms.

»Hi, ich bin Jake. Du musst Gordon sein«, lächelte Jake und streckte seine Hand aus, damit Gordon sie schüttelte.

Gordon betrachtete Jakes ausgestreckte Hand und lachte. Dann schüttelte er den Kopf, leerte den Inhalt seiner Pfeife auf den Boden, zerdrückte ihn mit seinem Stiefel und winkte Jake, ihm nach drinnen zu folgen.

»Lass deinen Koffer hier. Du willst ihn nicht die ganzen Treppen hochschleppen«, stöhnte Gordon und zeigte auf das einzige wackelige Metallbettgestell.

Die einzige andere Tür in dem kleinen Gebäude führte direkt in den Leuchtturm. Die Temperatur sank im Inneren des hohen weißen Steinbaus und verursachte in den Knochen eine seltsame und beunruhigende Kälte. Zwei verrostete Metallwendeltreppen zogen sich durch das Innere des Gebäudes. Eine führte zur Spitze des Gebäudes, und die andere führte zu dem, was einst ein Kellerraum war.

Die Treppe zum Keller war dunkel; Gordon zog eine Taschenlampe aus seiner Tasche und leuchtete den Weg. Der Keller war winzig und enthielt nur eine elektrische Schalttafel hinter einem Metallkäfig.

»Das sind die Sicherungsautomaten. Wenn der Leuchtturm ausfällt, musst du zwei Dinge tun. Überprüfe zuerst hier. Wenn es an der Sicherung liegt, drücke diese beiden Knöpfe. Wenn diese Hebel nicht unten sind, dann liegt es nicht an der Sicherung. Komm, folge mir. Ich zeige dir die Kurbel«, stöhnte Gordon, drehte sich um und ging wieder nach oben.

Hinter einer großen quietschenden Metalltür befand sich im zweiten Stock ein verrosteter Hebel auf einem runden, sich drehenden Aufsatz, der mit mehreren Drähten verbunden war.

»Das ist die Kurbel. Wenn die Sicherung nicht das Problem ist, dann ist es die Kurbel. Also, du greifst diesen Griff, drehst ihn zweimal gegen den Uhrzeigersinn und drehst ihn dann weiter im

Uhrzeigersinn, bis dieses Licht orange blinkt. Dieses Licht zeigt dir, dass genug Strom erzeugt wurde, um das Licht zu betreiben.«

»Super, hab's verstanden«, grinste Jake.

»Ich hoffe, du bist stark; manchmal muss den ganzen Tag gekurbelt werden«, kicherte Gordon, als er Jakes schockierten Gesichtsausdruck sah.

»Folge mir; ich zeige dir, wo wir die Glühbirnen aufbewahren. Sie wurde erst kürzlich gewechselt, also solltest du es nicht noch einmal tun müssen, aber ich zeige es dir trotzdem.«

Nachdem Gordon Jake den Raum mit den großen runden Glühbirnen gezeigt und erklärt hatte, wie man die Glühbirnen wechselt, brachte er Jake in die oberste Etage. Das Licht war ausgeschaltet, drehte sich aber noch. Die Aussicht war fantastisch. Sie reichte so weit, dass Jake das Gefühl hatte, der Leuchtturm sei der einzige Ort auf der Erde. Von der Spitze des Leuchtturms aus konnte er die zackigen Felsen sehen, die um die Bucht herum für mindestens drei Kilometer verstreut waren. Die Wellen waren zu dieser Tageszeit ruhig genug, und Jake konnte zwei frühmorgendliche Schwimmer sehen, die auf die Felsen kletterten und ins Meer sprangen.

»Der Leuchtturm läuft im Grunde von selbst. Du kannst bei Sonnenuntergang den Knopf neben deinem Bett drücken, der das Licht automatisch einschaltet. Ein Alarm ertönt, wenn es nicht angeht oder wenn etwas mit der Sicherung nicht stimmt. Um es auszuschalten, ziehe an der Schnur neben der Treppe und untersuche es. Abgesehen davon ist alles eingerichtet. Irgendwelche Fragen?«, fragte Gordon, schnappte sich seine Tasche und ging zur Tür hinaus.

»Ich glaube nicht. Es scheint ziemlich einfach zu sein«, lächelte Jake.

»Das ist es. Es gibt nur eine Regel. Sie ist ziemlich offensichtlich, und wenn du sie nicht verstehen kannst, bist du im falschen

Job. Das Licht MUSS von der Dämmerung bis zum Morgengrauen an sein. Der Leuchtturm ist entscheidend, um sicherzustellen, dass die Schiffe und Boote sicher an der Bucht vorbeifahren.«

»Hab ich verstanden«, lachte Jake.

»Großartig. Hier sind die Schlüssel. Viel Glück. Wir sehen uns in zwei Wochen.«

Jake stand an der Tür zu seinem neuen vorübergehenden Zuhause und beobachtete, wie Gordon den Hügel hinunter zu seinem großen gelben Pickup-Truck eilte. Gordon warf seinen Koffer auf die Ladefläche und brauste in einer Staubwolke davon.

Das Geräusch des Meeres, das gegen die Felsen schlug, der Gesang der Seevögel am Morgen, die sanft zunehmende Wärme der Sonne, die seine Haut liebkoste, und der salzige Meeresgeruch übernahmen seine Sinne. Als er tief einatmete, fühlte sich die Luft so nah am Meer sauberer an und schmeckte anders. Aber was Jake am meisten spürte, war das Gefühl der Freiheit. Für die nächsten zwei Wochen bekam er einen Einblick in ein Leben fern von seinem Vater.

Beim Auspacken seines Koffers faltete er seine Kleidung in die kleinen Schubladen des Schreibtisches. Er stellte seine Schuhe an den Türrahmen und richtete seinen Laptop ein, der ihm die perfekte Aussicht vom Bett aus bot. Jake lud die neueste Folge von Breaking Bad. Er wusste, dass er der Zeit hinterherhinkte; alle hatten die Serie schon vor Jahren zu Ende geschaut. Aber Jake folgte nie den neuesten Trends und glaubte nie dem Hype. Aber es war eine Show, von der er wünschte, er hätte früher damit angefangen. Jake begann mit Staffel vier und wartete auf seine erste Essenslieferung, bevor er beschloss, die Stadt zu erkunden.

Nach drei schnellen Klopfern an der Tür war Jake vom Bett und durch den Raum. Aber zu seiner Überraschung wartete das Essen auf der Türschwelle, und das Mädchen vom Lieferservice eilte zurück den Hügel hinunter zu ihrem Auto.

»Seltsam, nicht einmal ein Hallo«, zuckte Jake mit den Schultern.

Nachdem er sein Essen in den kleinen Kühlschrank unter dem Schreibtisch gepackt hatte, schloss Jake ab und ging zur Bucht hinunter. Auf seinen Wegen fand er ein Café, einen Strandsouvenirshop, der alles verkaufte, was Touristen wünschen und brauchen könnten, einen Strandvermietungsladen, der Jetski-Boote und Surfbretter vermietete, und eine kleine Taverne, die mit dem B&B der Stadt verbunden war.

Weiter unten in der Bucht befanden sich die Docks. Die Neugier zog an Jake. Er wollte sehen, wo sein Vater arbeiten würde. Versteckt hinter einem angedockten Boot stehend, erhaschte Jake einen Blick auf seinen Vater, der hart daran arbeitete, das Boot für ihre nächste Reise vorzubereiten. Selbst wenn er bei der Arbeit beschäftigt war und niemand in der Nähe war, hatte sein Vater immer noch diesen wütend-auf-die-Welt-Blick im Gesicht. Jake überlegte, ob er anhalten und hallo sagen sollte, bis er zusah, wie sein Vater einen jungen Bootsmaat anfuhr.

Jake schüttelte den Kopf und beschloss, seiner Laune nicht von seinem Vater verderben zu lassen, und ging zurück zum Leuchtturm.

14

DIE ERSTEN PAAR Tage vergingen wie im Flug. Jake konnte sein Glück kaum fassen; eines Tages saß er einfach im Bett, hörte Musik und kaufte online Dinge für sein neues Haus ein. Er erstellte Pläne, wie er sein bestes Leben führen, seinem Vater das Gegenteil beweisen und sogar einige Colleges in der Nähe besuchen könnte. Mit einem neuen Schwung in seinem Schritt, Hoffnung im Herzen und Lebensfreude war Jake bereit, alles anzunehmen, was das Leben ihm bieten konnte.

Das ist ein Kinderspiel. Ich kann nicht glauben, dass sich sonst niemand beworben hat. Ich könnte das die ganze Zeit machen; dachte Jake, während er sich mit den Händen hinter dem Kopf im Bett zurücklehnte.

Am nächsten Tag, als Jake aufwachte, rannte er im Leuchtturm auf und ab und überprüfte, ob alles wieder einwandfrei funktionierte. Als er oben ankam, schaltete er das Licht für den Tag aus und blickte über die atemberaubende Meereslandschaft. Die Sonnenstrahlen tanzten auf den Wellen und ließen sie wie Diamanten aussehen. Seevögel segelten hoch am Himmel. Und selbst durch das dicke Glas des Leuchtturms konnte Jake die Wärme der Sonne auf seiner Haut spüren. Nachdem er drei Tage drinnen verbracht hatte, beschloss er, das herrliche Sommerwetter zu nutzen und zum Strand zu gehen.

Jake erinnerte sich an die kleine Vermietungshütte und ging zuerst dorthin, um einen Neoprenanzug und ein Surfbrett zu mieten. Das Reiten auf den Wellen gab Jake ein weiteres Gefühl der Freiheit. Es war fast überwältigend, und er wollte dieses Gefühl immer wieder erleben. Er surfte, bis seine Beine und Schultern schmerzten und die Wärme der Sonne in eine sanfte, leichte Sommernachtbrise überging. Jake schlief in dieser Nacht besser als seit Jahren.

Als er am nächsten Tag wieder am Strand spazieren ging, freute sich Jake zu sehen, wie viele Menschen gekommen waren, um Sonne, Meer und Sand zu genießen. Einige Gruppen hatten Picknicks aufgebaut, andere grillten Burger und Hot Dogs auf Miniatur-Grills. Die Gerüche und Geräusche überkamen Jake und erfüllten ihn mit Freude. Er bekam Gänsehaut.

»Mieten Sie heute wieder ein Surfbrett?«, fragte der Kioskwärter. Der Mann sah Jake kaum an und blickte mehr zum Wasser, schaffte es aber, Augenkontakt herzustellen.

»Ja, vielleicht miete ich später sogar den Jet-Ski«, lächelte Jake zurück.

Jake beobachtete, wie die anderen Surfer versuchten, eine besonders knifflige Welle zu bewältigen. Das Wasser rollte sich ein und bewegte sich mit Geschwindigkeit, warf die jungen Leute von ihren Brettern und brachte ihre Freunde zum Lachen. Jake studierte eine Weile die Gezeiten, bevor er beschloss, es zu versuchen. Er beobachtete, wie die erfahreneren Surfer sich auf dem Brett hielten und sich bewegten, kurz bevor sie fielen. Er nutzte seine Beobachtungen, um die Röhre erfolgreich zu durchqueren. Die Menschenmengen am Strand, die zusahen, jubelten und klatschten, was Jake dazu brachte, mit etwas erhobenem Kopf zu laufen.

»Hi, du bist ein wirklich guter Surfer. Ich habe dich gestern auch hier gesehen, so cool«, lächelte ein niedliches rothaariges Mädchen, das mit ihren Locken spielte.

Sie musterte Jake von Kopf bis Fuß und flirtete mit ihm über ihre Sonnenbrille hinweg. Ihre Augen waren wie Wasser.

»Danke. Ich bin Jake; wie heißt du?«

»Laura. Das sind meine Freundinnen, Kate und Becky«, sagte Laura und zeigte auf ihre beiden Freundinnen, die kicherten und erröteten, als Jake ihnen zuwinkte.

»Bist du neu in der Stadt oder nur für den Sommer zu Besuch?«, fragte Kate.

Jake setzte sich mit den Mädchen auf ihre Strandtücher und gesellte sich zu ihnen für einen Snack, Musik und ein Limonaden-Picknick. Er erklärte, wie sein Vater gezwungen war, für einen besseren Job auf den Thunfischbooten hierher zu ziehen und wie er bald seine eigene Wohnung haben wollte. Die Mädchen hingen an jedem Wort von Jake. Sie erzählten von ihren verschiedenen Colleges, wo Becky Kosmetik, Kate Kriminalwissenschaften und Laura Meeresbiologie studierte. Laura sprach von ihrer Liebe zu Killerwalen und wie sie leider vom Aussterben bedroht waren.

»Und, gehst du zur Schule?«, fragte Kate.

»Noch nicht. Ich versuche, das richtige College für mich zu finden. Ich weiß immer noch nicht, was ich studieren möchte, aber ich mag Musik und Filme, also habe ich an etwas in Richtung Produktion gedacht. Im Moment habe ich einen netten kleinen Job, der mich für die nächsten paar Wochen über Wasser hält«, strahlte Jake.

»Wow, das ist so cool. Er ist süß, lustig, hat einen Job und bekommt mit siebzehn seine eigene Wohnung. Wenn du ein Auto hättest, würden wir alle um dich kämpfen«, scherzte Becky, deren Wangen rosa anliefen, als sie errötete.

»Ja, ich bin das Gesamtpaket«, lachte Jake. Er wurde auch rot.

»Wo arbeitest du denn?«, fragte Kate und beendete ihr Hähnchensalat-Sandwich.

»Im Leuchtturm.«

Plötzlich änderte sich die Atmosphäre. Die Mädchen sahen Jake an, als hätte er ihnen gerade erzählt, dass er Welpen für seinen Lebensunterhalt entführt. Sie rückten langsam von ihm weg, sahen sich gegenseitig an, überlegten, was sie sagen sollten und ob sie gehen sollten.

»Was ist los?«, fragte Jake.

»Wurde dein Name in der Lotterie gezogen?«, fragte Laura, ihre Augen sahen traurig aus.

»Lotterie? Ja, das könnte man so sagen. Tausend Dollar für zwei Wochen Arbeit, kostenloses Essen, Unterkunft und am Ende bekomme ich mein eigenes kleines Haus«, lachte Jake.

Die Mädchen lachten nicht zurück. Stattdessen saßen sie mit ernsten Gesichtsausdrücken da und klammerten sich aneinander, als hätten sie einen Geist gesehen. Laura streckte ihre Hand nach Kate aus in einer bedeutungslosen Halbgeste, um ihre Aufmerksamkeit zu bekommen.

»Um ehrlich zu sein, bin ich überrascht, dass ich der einzige Bewerber war. Der Job ist einfach«, sagte Jake und steckte sich ein paar Chips in den Mund.

»Warte. Du hast dich freiwillig gemeldet?«, keuchte Kate.

»Ja. Was ist das große Problem?«, fragte Jake und begann, sich ein wenig Sorgen zu machen.

»Es war schön, dich kennenzulernen, Jake«, seufzte Laura.

Die Mädchen packten schnell ihre Sachen und gingen den Strand hinauf, ohne ein weiteres Wort oder einen Blick zurück zu

Jake. Verdutzt sah Jake ihnen nach, zuckte dann aber mit den Schultern und schob seine Besorgnis beiseite.

Eingebildete reiche Mädchen. Sehen die Arbeiterklasse immer als minderwertig an, dachte Jake, als er das Brett zurückgab und zum Leuchtturm zurückkehrte.

Jake verbrachte die nächsten zwei Tage drinnen, holte seine Lieblingsserien nach und spielte auf seinem Laptop. Er schenkte den Mädchen am Strand oder ihrem seltsamen Verhalten keinen zweiten Gedanken und fühlte sich erneut dankbar, einen so bequemen Job gefunden zu haben.

15

VIER TAGE SPÄTER WUSSTE JAKE, dass die Gemütlichkeit seiner Arbeit irgendwann enden musste. Bisher war es viel zu einfach gewesen. Jake war gerade eingeschlafen, als der Alarm durch sein Zimmer hallte. Er fiel aus dem Bett, während sein Herz raste. Der Alarm war viel lauter als nötig, und das hochfrequente Kreischen stach in seine Ohren.

»Na, diesen Alarm kann man wirklich nicht verschlafen«, rief Jake.

Schnell erinnerte er sich an Gordons Anweisungen, zog seine Stiefel an, schnappte sich eine Taschenlampe und ging in den Keller. Nach der Inspektion des Stromkreises erkannte er, dass das Problem bei der Kurbel lag. Er ging nach oben, drehte den Hebel zweimal gegen den Uhrzeigersinn und kurbelte dann im Uhrzeigersinn weiter, bis das orangefarbene Licht anzeigte, dass genug Strom gespeichert war und er in Sicherheit war. Sicherheitshalber ging Jake nach ganz oben, um zu überprüfen, ob das Licht noch rotierte. Als alles wie vorgesehen funktionierte, begab er sich zurück ins Bett.

In der folgenden Nacht kreischte der Alarm wieder und in der
darauffolgenden Nacht erneut. Am Ende der ersten Woche hatte
Jake eine Routine entwickelt, die Treppe hochzurennen, um die
Kurbel zu drehen; jede Nacht drehte er sie länger als in der Nacht
zuvor. Seine Schultern begannen von der Anstrengung zu schmer-
zen. Eines Nachts, jedes Mal wenn Jake dachte, alles wäre in
Ordnung und er sich wieder ins Bett legte, ertönte der Alarm
erneut. Jake rannte dreimal die Treppe hinauf, um die Kurbel zu
betätigen, bevor er schließlich in den Schlaf driftete.

Aber der Schlaf kam nicht leicht. Jake hatte gedacht, der Job
würde einfach sein. Und größtenteils war er das auch. Doch einfacher Job oder nicht, Jake war ein Mann, der zu seinem Wort stand
und seine Verantwortung ernst nahm. Die Vorstellung, was
passieren könnte, wenn der Leuchtturm nicht reibungslos funktionierte, spielte seinem Verstand Streiche, und langsam
begannen die Albträume.

Jake wachte vom Geräusch hämmernder Fäuste an der Tür
auf. Als er die Tür öffnete, war es nicht mehr der helle Sommer.
Die Stadt war dunkel, und ein Sturm tobte vom Himmel. Ein
gesichtsloser Polizist stand an seiner Tür, bereit, Jake zu verhaften.

»Halt! Was habe ich getan?«, schrie Jake.

»Weil Sie Ihren Job nicht gemacht haben, sind Menschen
gestorben. Sehen Sie«, bestand der Polizist darauf und stieß Jake
an den Rand der Klippe.

Donner grollte in den Wolken, und ein heller Blitz erleuchtete
die Felsen am Fuße der Klippe und enthüllte die Schrecken
darunter. Ein Touristenschiff war verunglückt. Es lag zerstört in
der Bucht, und schlaffe, leblose Körper trieben im Wasser. Einige
waren aufgedunsen, und ihre Münder standen weit offen,
während andere in seltsamen Verrenkungen auf den Felsen lagen.
Das Meer war von einem tiefen, fast körnigen Rot. Seine Wellen
schäumten und tanzten wie viele kämpfende Tiere umher. Das

Wasser floss über die Leichen und zog sich dann zurück. Er konnte eine Frau sehen, die mit dem Gesicht nach oben trieb, als eine Welle sie überrollte; ihr Kopf drehte sich und ein Auge schloss sich.

Jake sprang auf und rang nach Luft. Die Hütte war kalt, aber Jakes Bett war schweißdurchtränkt. Es dauerte eine Minute, bis Jake begriff, dass er einen Albtraum gehabt hatte. Einen Albtraum, der sich so real anfühlte, dass er den dicken Blutgeruch der Toten in der Luft riechen konnte. Sein Kopf dröhnte in seinen Ohren, und um sicherzugehen, rannte Jake auf die Spitze des Leuchtturms, um sicherzustellen, dass das Licht noch an war.

Die Albträume hörten auch danach nicht auf. Jede Nacht, nachdem Jake vor dem Schlafengehen die Kurbel gedreht hatte, hatte er einen weiteren bösen Traum. Jeder Traum war erschreckender als der letzte, jeder detaillierter und es wurde immer schwieriger, daraus aufzuwachen.

Gordon klopfte am Ende der zwei Wochen an die Tür. Jake erklärte, wie alles bestens gelaufen sei und es nichts zu berichten gäbe. Aber Gordon schaute ihn wütend an.

»Alles ist in Ordnung, ja? Was ist mit dem Fischerboot, das auf See verloren ging?«, knurrte er. »Sie sollten letzte Nacht zurückkehren, taten es aber nicht. Eine Suchmannschaft hat ihre Route verfolgt und keine Spur von ihnen gefunden.«

»Welches Fischerboot?«, geriet Jake in Panik.

Gordon reichte Jake die lokale Zeitung. Jakes ganzer Körper fühlte sich an, als würde er unter Eis getaucht, als seine Augen auf die Schlagzeile fielen.

‚Fischerboot auf See verloren. Familie des Kapitäns bleibt ohne ihren Vater zurück.'

Das Boot auf der Seite war das Thunfischboot seines Vaters.

»Nein! Nein! Das kann nicht sein! Das muss ein Traum sein.

Schnell, schlag mich! Weck mich auf!«, schrie Jake und packte Gordon am Kragen.

Gordon stieß Jake zurück und fauchte ihn an, als wäre er verrückt geworden.

»Das ist kein Traum, Junge. Deine Inkompetenz hat deinen Vater getötet. Jetzt bleiben deine Schwestern mit nichts zurück. Sie geben dir die Schuld; sie wollen dich nie wiedersehen.«

Jake saß schluchzend als Häufchen Elend in der Leuchtturmkabine und beobachtete, wie Gordon den Hügel hinunter zu seinem Truck ging, wo Jakes Schwestern warteten, sich aneinander festhielten und weinten.

Jake erwachte mit Tränenspuren im Gesicht. Seine Brust fühlte sich schwer an und schmerzte, als wäre sein Herz herausgerissen worden. Er fühlte Verlust und Schuld, Reue zerrte an seinem Magen – Übelkeit setzte ein. Jake rappelte sich auf und griff nach seinem Handy. Er wählte die Nummer seines Vaters und schluchzte noch heftiger, als er die schläfrige Stimme seines Vaters am Telefon stöhnen hörte.

»Warum rufst du zu dieser Uhrzeit am Morgen an?«

Jake hielt inne. Er hielt den Atem an. »Tut mir leid, Papa, schlaf weiter«, sagte er und versuchte, das Zittern in seiner Stimme zu verbergen.

»Ist alles in Ordnung, Sohn?«

»Jetzt ist es das, Papa. Gute Nacht.«

Jede Nacht drohten die Albträume, und Jake fiel es schwerer einzuschlafen. Eine Angst, die Jake noch nie gefühlt hatte, erfüllte ihn; sein Appetit schwand zu nichts. Egal wie sehr sein Magen knurrte und schmerzte, der Gedanke an Essen ließ ihn sich noch kränker fühlen.

Was, wenn ich nicht aufwache? dachte Jake. *Was, wenn ich eines Tages aufwache und es kein Traum ist, und Menschen starben, weil ich meinen Job nicht machen konnte? Papa arbeitet auf See; ich kann das nicht vermasseln.*

Drei Tage waren vergangen, seit die Albträume begonnen hatten. Es war schwierig, sich auch nur hinzulegen. In der vierten Nacht seiner letzten Woche wusste Jake nicht, ob es Schlafentzug oder ein glücklicher Zufall war, aber er hatte endlich einen erholsamen, traumlosen Schlaf.

16

JAKE WACHTE AUSGERUHT auf und war ausgehungert. Er hatte seit Tagen nichts gegessen. Die letzte Essenslieferung der Woche sollte an diesem Morgen eintreffen. Jake konnte es kaum erwarten. Allein der Gedanke an Essen ließ ihm das Wasser im Mund zusammenlaufen. Er beeilte sich, zu duschen, sich anzuziehen und das Licht auszuschalten, dann setzte er sich hin und wartete.

Er hatte friedlich und traumlos geschlafen und fühlte sich wie neugeboren. Neugierig, was solch gewalttätige Albträume verursacht haben könnte, holte Jake seinen Laptop hervor. Er hatte noch nie unter Albträumen gelitten, nicht einmal als Kind, wenn seine Cousins versuchten, ihn mit Geistergeschichten und Streichen zu erschrecken. Jake war schon immer logisch, analytisch und besonnen gewesen.

Er tippte auf seinem Laptop und suchte bei Google nach Antworten. Er recherchierte, was Albträume verursachen könnte, insbesondere nächtliche Schrecken, ihre Bedeutung und wie man sie verhindern kann. Jeder Artikel, den er fand, ließ Jake mit mehr Fragen als Antworten zurück. Niemand hatte eine fundierte Erklärung für Albträume oder wie man sie vermeiden könnte. Einige Artikel führten sie auf Stress und Sorgen zurück; diese Antwort gefiel Jake. Er hatte sich Sorgen gemacht, den Job richtig zu machen, seinen Vater stolz zu machen und wie er sich um seine Schwestern kümmern würde, sobald er auszog. Eine andere Website führte Albträume auf einen Mangel oder Überfluss an bestimmten Mineralien im Körper zurück. Jake war nie ein wählerischer Esser gewesen; er aß praktisch alles, was man ihm vorsetzte. Seit seinem Umzug in die Küstenstadt hatte er allerdings viel Fisch gegessen, den er noch nie zuvor probiert hatte, einige kannte er nicht einmal vom Namen her.

Wahrscheinlich ein Toxin in irgendeinem exotischen Fisch, dachte er; *vielleicht sollte ich tatsächlich mein Essen recherchieren, bevor ich es esse.* Er erinnerte sich an das Hühnchen-Sandwich, das Kate gegessen hatte. *Mmmm Essen!* Er bestellte etwas zum Mitnehmen und saß wieder wartend da. Zu viel Zeit verging. *Wo bleibt diese Lieferung?* dachte er. *Ich verhungere.*

Jake kuschelte sich mit seinem Laptop ein und lud einen Film auf Netflix. Es war ein Horrorfilm, den er vor langer Zeit auf seine Merkliste gesetzt hatte. Trotz seines alptraumhaften Schlafes in letzter Zeit und gegen besseres Wissen dachte er, er sollte ihn ansehen.

Gerade als der Film für Jake zu viel wurde, rettete ihn ein Klopfen an der Tür. Ein Lieferjunge, nicht viel älter als Jake, stand in einem leuchtend blauen und gelben Trainingsanzug mit passendem Käppi da. Zwei große braune Papiertüten in seinen Armen waren vollgepackt mit Lebensmitteln; die Gerüche ließen Jakes Magen knurren.

»Lieferung«, lächelte der Junge, dessen Namensschild verriet, dass er David hieß.

»Danke, Mann. Hey, komm rein. Die sehen schwer aus«, sagte Jake und öffnete die Tür etwas weiter.

David schaute hinein und schüttelte den Kopf, trat einen Schritt zurück.

»Nee, Mann, lass mal. Wie kommst du zurecht?«

»Alles cool. Was gibt's nicht zu mögen? Einfacher Job, gute Bezahlung, und ich kann den ganzen Tag meine Serien schauen und surfen«, log Jake und hoffte, dass sein falsches Lächeln nicht verriet, wie er sich wirklich fühlte.

»Mutiger als ich, Alter«, kicherte David und kickte mit dem Fuß auf den Boden.

»Was ist nur mit allen und diesem Ort? Ich habe neulich ein paar Mädchen am Strand getroffen, und als ich sagte, dass ich hier arbeite, sind sie praktisch weggelaufen!«

»Du kennst doch sicher die Geschichten. Jeder, dessen Name in dieser verdammten Lotterie steht, kennt die Geschichten«, sagte David mit ernstem Gesicht. Er stand aufrecht und kickte nicht mehr im Dreck herum.

»Was für eine Lotterie? Die Mädchen haben sie auch erwähnt.«

Davids Augen weiteten sich und sein Kiefer klappte herunter. Jake erstarrte und wartete darauf, dass David antwortete.

»Du... hast dich nicht freiwillig gemeldet, oder?«, fragte David.

»Doch.«

Er sah Jake mit aufrichtigem Mitgefühl an, als hätte er jemanden verloren; plötzlich fühlte es sich an, als wären sie bei einer Totenwache. Dann schüttelte David den Kopf, nahm seine Mütze ab und fuhr sich mit der Hand durch seine dicken dunklen Locken.

»Hasse es, dir das zu sagen, Bro, aber dieser Ort ist verflucht – *verhext* oder so was.«

»Das glaubst du doch nicht wirklich, oder?«, lachte Jake.

»Mann, hör zu...«

David erzählte Jake, wie die Lotterie entwickelt wurde und

dass sich seit vielen Jahren niemand mehr freiwillig für die Rolle gemeldet hatte. Er erzählte Jake von den Geschichten, die seine Eltern ihm als Kind erzählt hatten: über den Leuchtturmwärter, dem er vor Gordon gehört hatte. Er erzählte sogar die Geschichten seiner Großeltern. Jake stand da, hörte zu und runzelte die Stirn.

»Wenn dieser Ort also so schlimm ist, warum hat er dann immer einen dauerhaften Bewohner?«, grinste Jake.

»Es wird in der Familie weitergegeben. Wenn Gordon in Rente geht, wird sein Sohn übernehmen. Ich habe ein Gerücht gehört, dass Gordon und seine Familie in Hexerei oder so was verwickelt sind, und deshalb ist es für sie in Ordnung, hier zu sein.« David erzählte Jake, dass der Leuchtturm zwei Wochen im Jahr »frisches Blut braucht«, als ob der Prozess ein Ritual wäre. Er zuckte nach dieser Aussage mit den Schultern.

Jake schaute David an und wartete auf die Pointe, aber es kam keine. Schließlich brach Jake in Gelächter aus und klopfte David auf die Schulter.

»Du spinnst!«

»Mann, ich meine es ernst. Frag irgendjemanden nach dem Typen, der vor ein paar Jahren rauskam. Ein Junge ungefähr in unserem Alter... Er hat die vollen zwei Wochen überlebt, aber seitdem kein Wort mehr gesprochen. Er hat Nachtschrecken, er isst kaum und erschrickt vor seinem eigenen Schatten. Hatte auch eine gute Zukunft vor sich, ein talentierter Fußballer, aber jetzt? Nicht mehr derselbe Junge. Dann ist ein Mädchen, dessen Name in der Lotterie gezogen wurde, Tage nachdem sie rauskam, von den Klippen gesprungen. Du könntest mir nicht genug bezahlen, um in diesem Ort zu bleiben!«

Jake verstummte. Er hatte aufgehört zuzuhören, als David Nachtschrecken erwähnte. Jake hatte angefangen, Albträume zu haben, aber er würde es nicht zugeben. Es zuzugeben, wäre wie zuzugeben, dass etwas Unheimliches vor sich ging. Und wenn

Jake alles leugnen könnte, dann wären all die Geschichten, die man ihm erzählte, eben nur das: Geschichten.

»Nun, ich weiß nicht, was ich dir sagen soll. Ich bin jetzt fast zwei Wochen hier, und es war großartig. Ich bin gesurft und habe entspannt und geschlafen wie ein Baby, abgesehen von der einen oder anderen kalten Nacht. Also vielleicht ist dieser Fluch gebrochen«, lachte Jake.

David lächelte. »Ein Fluch kann nur einmal gebrochen werden. Du hast recht, vielleicht ist es das. Ich hoffe, du hast recht, Bruder. Ich hoffe, ich sehe dich auf der anderen Seite. Ich muss los – habe noch andere Lieferungen zu machen. Pass auf dich auf«, sagte David und hielt seine Faust hoch, damit Jake sie boxen konnte.

Jake lächelte zurück und sah, wie David praktisch zu seinem Auto sprintete und in einer Staubwolke davonfuhr, genauso schnell wie Gordon an dem Tag, als er ging.

Als Jake sein Essen auspackte und in eine Portion frisch zubereiteter Eggs Benedict biss, fragte er sich, ob Davids Geschichten einen wahren Kern hatten. David war nicht der Erste, der sich seltsam verhielt in Bezug auf den Leuchtturm, und jeder, mit dem er sprach, konnte nicht verstehen, warum er sich freiwillig gemeldet hatte. Ein Teil von ihm wollte im Internet nach Geschichten über den Leuchtturm suchen. Aber Jake wusste, wenn er seinem Verstand erlaubte, daran zu glauben, würde er es sich erlauben, Angst zu haben. Wenn er etwas las, das ihm nicht gefiel, wusste er, dass er gehen würde, und die Regeln besagten, dass er die vollen zwei Wochen bleiben musste, sonst würde er nicht bezahlt werden.

Ich bin so weit gekommen, dachte er. *Ein paar Nächte ohne Schlaf sind es wert. Ich bin fast fertig. Ich schaffe das.*

17

JAKE WACHTE von einem Klopfen an der Tür auf. Er rieb sich die Augen und öffnete die Tür, fand aber niemanden vor. Draußen war eine kristallklare Nacht. Der Mond verlieh der Nachtluft ein beruhigendes Gefühl. Überzeugt davon, sich das Klopfen nur eingebildet zu haben, ging Jake zurück ins Bett. Als er sanft wegdämmerte, hörte er erneut ein Klopfen, diesmal lauter. Das Klopfen wurde intensiver, lauter und häufiger, mit einem Gefühl der Dringlichkeit. Schließlich sprang Jake genervt aus dem Bett und ging zur Tür.

Sobald seine Hand den silbernen Türknauf umfasste, hörte das Klopfen auf. Verwirrt stand Jake da und wartete. Als nichts geschah, drehte er sich um, um zurück ins Bett zu gehen. Dann begann die Tür, die zum Leuchtturm führte, zu donnern. Etwas oder jemand hämmerte heftig und versuchte, sich gewaltsam Zutritt zu seinem Zimmer zu verschaffen.

Jake rannte zur Kabinentür und versuchte zu entkommen, aber sie war verschlossen und der Schlüssel fehlte. Jake saß in seinem kleinen Zimmer fest. Es gab keinen Ausweg, und etwas versuchte, zu ihm zu gelangen.

Jake wühlte in seinen Liefertaschen nach seinem Besteck. Dann griff er nach seinem Messer und klammerte sich fest daran, als hinge sein Leben davon ab. Zusammengekauert an der Wand fühlte Jake, wie sich die Wände um ihn schlossen, während die Tür in ihren Angeln bebte. Das Klopfen verwandelte sich in Kratzen und Heulen. Sowohl Männer- als auch Frauenstimmen heulten vor Angst und ihr Echo hallte durch den kleinen Raum. Jake kniff die Augen fest zusammen und betete, lebend herauszukommen.

Jake schoss aus dem Bett hoch, nach Luft schnappend, bedeckt mit kaltem Schweiß. Er dachte, die Albträume hätten aufgehört. Im kleinen Raum auf und ab gehend, redete er sich immer wieder ein, dass alles nur seiner Fantasie entsprungen sei und dass David ihn verrückt gemacht hatte. Dann, mutig geworden und mit dem Bedürfnis, seinen chaotischen Geist zu beruhigen, nahm Jake seine Taschenlampe und öffnete die Tür zum Leuchtturm. Als er mit dem Licht umherleuchtete, sah er, dass alles normal war – keine Spur von Monstern auf der anderen Seite.

In der folgenden Nacht hatte Jake einen weiteren Albtraum. Diesmal wechselte er die Glühbirne, als er Männer- und Frauenstimmen schreien hörte. Sie schrien vor Schrecken und Angst, riefen um Hilfe, flehten, dass jemand sie retten möge. Als Jake die Leiter hinunterblickte, sah er eine Gruppe gesichtsloser Fremder, die die Leiter hinaufkletterten, seinen Namen riefen und ihn anflehten, ihnen zu helfen.

Mit nur noch drei Tagen und zwei Nächten, bevor seine Zeit im Leuchtturm vorbei war und er die ganze Erfahrung hinter sich lassen konnte, versuchte Jake, sich einzureden, dass alles nur in seinem Kopf sei. Aber wie konnte alles in seinem Kopf sein, wenn er jedes Mal, wenn er die Augen schloss, gesichtslose Menschen sah, die die Leuchtturmleiter zu ihm hinaufkletterten? Wie konnte es in seinem Kopf sein, wenn ihn alle gewarnt hatten? Jake war immer ein tiefer Schläfer gewesen. Aber in der vorletzten Nacht stellte er fest, dass ihn jedes Geräusch, egal wie klein oder offensichtlich es war, wie ein verängstigtes Kind unter der Bettdecke zusammenkauern ließ.

»Ich schaffe das nicht«, sagte Jake laut.

Jake beschloss, in dieser Nacht nicht zu schlafen und stattdessen tagsüber zu schlafen, wenn er wusste, dass es sicher war. Tagsüber passierte nie etwas. Jake dachte, er hätte die richtige Entscheidung getroffen, als er den Tag verschlief und keine Träume hatte.

Eines Morgens klingelte sein Handy; es war der Bürgermeister.

»Guten Morgen, Jake. Nur zur Warnung, da kommt ein großer Sturm auf uns zu. Gordon hat von dem Sturm in den Nachrichten gehört und vorher angerufen. Er sagte, die Kurbel müsste Tag und Nacht gedreht werden, wenn der Sturm zuschlägt. Außerdem ist der Leuchtturm alt, deshalb könnte er der Gewalt des kommenden Windes möglicherweise nicht standhalten; stellen Sie sicher, dass Sie überall nachsehen und den Ort bei Bedarf mit Brettern und Nägeln verstärken. Viel Glück.«

Jakes Herz sank. Wie sollte er den ganzen Tag und die ganze Nacht wach bleiben? Als er auf die Spitze des Leuchtturms stieg, sah Jake, dass der Himmel darüber schwarz war. Dicke, schwere Wolken zogen auf und brachten Donnerschläge mit sich, die lauter waren als alles, was Jake je gehört hatte. Blitze zuckten so hell über den Himmel, dass er gezwungen war, seine Augen zu schützen. Wellen krachten gegen das Ufer; die See war wütend. Jake hoffte, dass sein Vater an diesem Tag nicht mit dem Thunfischboot draußen war.

Plötzlich schrillte der Alarm durch den Leuchtturm. Jake kletterte die Leiter hinunter und begann, an der Kurbel zu drehen.

»Das wird ein langer Tag«, sagte Jake.

Mit sich selbst zu reden, war für Jake zu einer Möglichkeit geworden, im jüngsten Chaos des scheinbar harmlosen Leuchtturms bei Verstand zu bleiben.

Das orangefarbene Licht flackerte an und aus. Jake hatte gehofft, der Bürgermeister liege falsch und er könne eine Pause machen. Aber als der Wind gegen den Leuchtturm krachte, wusste Jake, dass es keine Ruhe für die Geplagten geben würde. Jakes Schultern schmerzten vom Drehen des Hebels, aber schließlich blieb das Licht lange genug an, damit Jake sich ausruhen konnte.

Jake wollte keine Sekunde verschwenden, rannte nach unten und aß sein Fischabendessen so schnell wie möglich, bevor der Alarm wieder ertönte. Dann lief er zurück zum Hebel und begann erneut zu kurbeln. Sein Körper und sein Geist fühlten sich an, als könnten sie brechen. Der Stress von vierundzwanzig schlaflosen Stunden und die körperliche Belastung durch die Kurbel schienen fast überwältigend. Jake wusste nicht, ob der Job das Geld und die Vergünstigungen wert war. Ein langsames Tropfen von Regen fiel durch die Risse im Dach und tropfte auf Jake, während er kurbelte. Als er mit dem Kurbeln fertig war und die Stromversorgung als ausreichend empfand, nahm er ein paar Bretter und einige Nägel aus einer Ecke. Eine kleine Leiter stand in der Nähe. Er machte sich an die Arbeit.

»Nur noch ein Tag. Nur noch ein Tag«, wiederholte Jake wie ein Mantra.

18

DER STURM BEGANN NACHZULASSEN, als der Tag anbrach. Die Sonne brach durch einige Lücken in den Wolken. Aber der Himmel war immer noch dunkel, und Regen tropfte durch die Risse im Dach. Zufrieden, dass er den Hebel nicht mehr kurbeln musste, streckte Jake sich. Seine Schultern spannten sich an. Es tat weh, seine Muskeln zu dehnen, aber Jake wusste, dass er nicht schlafen würde, wenn er es nicht tat. Sein unterer Rücken schmerzte, als er seine Wirbelsäule drehte, und seine Knie knackten, als er sie beugte. Sein Magen knurrte, und sein Mund war trocken. In den letzten vierundzwanzig Stunden hatte er sich selbst vernachlässigt und fast jede Sekunde damit verbracht, sich auf die Kurbel zu konzentrieren, um den Leuchtturm am Laufen zu halten.

Jakes Augen waren rot und trocken vom Schlafmangel. Und das Dach hatte nicht viel Schutz vor dem strömenden Regen geboten. Seine Kleidung war durchnässt, seine Haare klebten am Kopf, und seine durchnässte Kleidung ließ ihn in der Kälte des Leuchtturms zittern. Er schlich nach unten und hinaus zum kleinen

Hinterhaus für eine heiße Dusche, frischte sich auf und plünderte den Kühlschrank.

Jake aß, bis sein Magen voll war, wickelte sich fest in seine Decke und ließ die Wärme die Kälte in seinen Knochen vertreiben. Seine Gedanken rasten immer noch und dachten an die Albträume der vergangenen Nächte. Aber egal wie sehr er sich zwang, wach zu bleiben, sein Körper kämpfte härter. Dann, langsam, bot das Geräusch des Regens, der sanft gegen das Fenster klopfte, die Seevögel, die ihr Lied sangen, und die Wellen, die sanft gegen das Ufer schwappten, eine beruhigende Melodie. Warm in seinem Bett, lauschend auf die Klänge der Bucht, schlossen sich seine schweren Augen sanft, bis der Schlaf ihn endlich übermannte.

Jakes Geist driftete in das Traumland, an das er gewöhnt war. Als er tiefer und tiefer in den Schlaf glitt, träumte er von dem versprochenen Haus. Er träumte davon, mit seinen Lieblingsfilmstars zu arbeiten und von dem stolzen Blick auf dem Gesicht seines Vaters, wenn der Mann endlich stolz auf ihn war.

Es fühlte sich an, als hätte Jake einen ganzen Tag geschlafen, als er endlich aufwachte, aber es machte ihm nichts aus. Es war die beste Nachtruhe, seit er am Leuchtturm angekommen war. Sein Körper fühlte sich vollkommen ausgeruht an, und sein Geist war entspannt. Mit geschlossenen Augen streckte er sich und lächelte, dachte an das Leben, das er führen würde, dank des Jobs, den er angenommen hatte und den sonst niemand wollte.

»Endlich ist es vorbei«, flüsterte Jake. Er schlief ein.

Ein lauter Alarm zwang Jake, die Augen zu öffnen. Es war nicht der Leuchtturmalarm. Dieser Alarm klang wie ein Feueralarm, laut und elektrisch. Er war fast metallisch, ein klagendes Dröhnen wie ein Hammer, der gegen eine Glocke schlägt. In diesem Moment nahm Jake seine Umgebung wahr. Das Bett schwankte, als wäre es in Bewegung; er sah nicht mehr den

Schreibtisch mit seinem Laptop oder das Fenster neben der Tür. Alarmiert setzte Jake sich kerzengerade in einem Raum mit dunklen Holzwänden auf; eine Kommode mit vier Schubladen stand neben seinem Bett, und das einzige Licht kam von einem kleinen runden Fenster direkt über seinem Bett.

Jake zog sich hoch und spähte durch das Fenster. Er war auf See. In Panik geraten, lief Jake zur Tür, und sein Körper wurde kalt. Außerhalb seiner Tür war ein langer Korridor voller anderer Türen. Menschen gerieten in Panik, rannten durch den Flur, und Kinder weinten und klammerten sich an ihre Eltern.

»Was ist los?«, fragte eine ältere Dame einen Mann in Schiffsuniform, der vorbeieilte.

»Wir nähern uns dem Hafen, aber wir können den Leuchtturm nicht finden«, rief der Mann.

»Moment? Ich bin auf einem Schiff?«, geriet Jake in Panik.

Er schlug seine Tür zu und sank an der Tür herunter. Jake hielt seinen Kopf in den Händen und begann vor Frustration zu schluchzen.

»Das ist ein Traum. Es ist ein Traum. Ich werde aufwachen«, weinte Jake.

Er schlug sich an die Seite seines Gesichts und weinte heftiger: »Wach auf! Wach auf!«

Jake schlug sich härter und hielt inne. Er hatte in einem Traum noch nie Schmerz gefühlt, aber er spürte diese Ohrfeige. Er kratzte an seinem Arm und sah zu, wie seine Haut rot wurde. Es war kein Traum. Er war hellwach, mit wilden Augen und verängstigt. Wie war er hierher gekommen? Wo war er? Jake rannte zum Fenster und suchte durch die Dunkelheit, um zu sehen, was er erkennen konnte.

Die Wellen schlugen heftig gegen die Seite des Schiffes, und der Mond versteckte sich hinter den Wolken und bot keine Hilfe. Es war zu dunkel; Jake konnte nichts sehen. Dann zuckte ein langer weißer Blitz über den schwarzen Himmel. Es war schwer zu erkennen, aber für eine Sekunde sah Jake es. Die Felsen lagen fünf Meilen vom Leuchtturm entfernt. Das Schiff segelte im Sturm direkt auf die Bucht zu. Direkt auf das Labyrinth aus zackigen Felsen zu – direkt in den Tod.

Jakes Gedanken flogen zu dem ersten Albtraum, den er hatte. Die Körper lagen verbogen und verzerrt gegen die Felsen. Das Wasser lief rot, und ein Schiff blieb in der Bucht verfangen. War sein Albtraum tatsächlich eine Vorahnung gewesen? Hatte er Zeuge seines eigenen Todes werden müssen? Da er nicht herumstehen und es herausfinden wollte, suchte Jake in seinem Kopf nach einer Lösung.

»Das Schiff muss wenden! Ich muss den Kapitän finden!«, sagte Jake.

Jake wusste, wenn er den Kapitän erreichen könnte, könnte er helfen. Selbst wenn der Leuchtturm nicht in Sicht war, kannte er die Bucht. Er hatte sie in den letzten zwei Wochen studiert. Er rannte aus seinem Zimmer und eilte durch die Korridore, auf der Suche nach jemandem, der aussah, als würde er auf dem Schiff arbeiten.

19

Jake war so erschrocken darüber, plötzlich auf einem Schiff aufzuwachen. Jake war so fixiert darauf, eine Lösung für sein aktuelles Problem zu finden, dass er sich keine Zeit genommen hatte, seine Umgebung zu betrachten. Ein lauter Donnerschlag ließ die Frauen an Bord erneut in einen Chor aus jammernden und verängstigten Schreien ausbrechen. Ein weiterer blendender Lichtblitz erleuchtete die zahlreichen Fenster des Schiffes und erhellte die Kabinen.

Der Blitz war der Auslöser gewesen. Der Auslöser, der Jake dazu brachte, innezuhalten und sich umzusehen. Er befand sich nicht nur auf einem Passagierschiff voller Menschen, die in ein nasses Grab segelten. Stattdessen schien er in der Zeit zurückgereist zu sein. Das Schiff war wie nichts, was er je zuvor gesehen hatte. Die Wände bestanden aus einer Mischung aus dunklen und hellen Holzpaneelen, deren Glanz vom Alter gezeichnet war. Die Fenster waren runde Metallbullaugen, und die Lichter an den Wänden wurden alle von Kerzen, nicht von Glühbirnen, erhellt. Einige der Kerzen flackerten, und ein paar waren ausgegangen.

Wind fegte durch die Korridore und schuf Inseln der Dunkelheit. Jake ging langsamer durch diese Bereiche.

Die Böden waren mit einem dunkelroten Blumenteppich bedeckt. Doch am meisten stach ihm die Mode ins Auge. Die Frauen trugen alle bodenlange Korsett-Kleider und langärmelige Mäntel mit Rüschenmanschetten. Einige sahen aus wie Filmstars, während andere wie Küchenmägde wirkten. Manche Frauen präsentierten sich mit hochgestecktem Haar, das mit Juwelen und Make-up glitzerte, während andere aussahen, als hätten sie sich seit Tagen nicht gewaschen. An der Korridorwand, die zu einer kleinen Treppe führte, besagte ein Schild untere Klasse und ein anderes erste Klasse.

Die Männer waren alle gleich gekleidet: lange, elegante schwarze Wollanzüge und frische weiße Hemden. Einige Männer trugen Monokel und hatten dicke Schnauzbärte. Sie trugen Zylinder; das Haar war so glatt zurückgegelt, dass es nass aussah. Jake hatte das Gefühl, er wäre vielleicht hundert Jahre oder noch weiter zurückgereist. In diesem Moment wünschte er sich, Panik beiseite, er hätte im Geschichtsunterricht besser aufgepasst.

Als er an einem Raum vorbeilief, der wie ein Speisesaal aussah, erhaschte Jake einen Blick in den Spiegel, der ihn wie angewurzelt stehen ließ. Ein korpulenter Herr mit starkem europäischen Akzent rannte in Jakes Rücken hinein. Als sie sich aufrappelten, sah Jake dem Mann direkt in die Augen, während er rückwärts gestoßen wurde.

»Pass auf, wo du hingehst, du Narr!«, schnauzte der Mann.

»Entschuldigung«, rief Jake ihm hinterher. Der Mann schaute wütend zur Seite und stürmte um eine Ecke.

Jake drehte sich um und ging zurück durch die Menge panischer Menschen, auf der Suche nach Sicherheit. Als er sich durch das Meer von Menschen drängte, fand Jake den Raum mit dem

Spiegel. Sein Kiefer klappte herunter, als er sein Spiegelbild betrachtete. Die Person im Spiegel war nicht er selbst.

Ihm blickte ein großer Mann entgegen, dessen Gesicht so alt erschien wie das seines Vaters. Seine Wangenknochen waren hoch, und er hatte eine lange, kantige Nase. Ein dicker brauner Schnurrbart und ein gepflegter Bart säumten seinen Kiefer. Er trug einen braunen karierten Umhang mit Kragen und einen passenden Anzug. Lange schwarze Stiefel – wie Reitstiefel – reichten bis zu seinen Knien. Jake nahm die braune karierte Schiebermütze von seinem Kopf und enthüllte einen glatten, dunkelbraunen Haarschnitt, der zu einer Seite gegelt war, mit einigen weißlich-grauen Haaren über die Länge verteilt. Wer war diese Person, die ihn da anblickte? Er erkannte sich selbst nicht wieder.

Eine Harmonie von Schreien brach über das Schiff herein, als es zur Seite kippte und drohte, zu sinken. Jake wurde quer durch die Kabine geschleudert, krachte gegen eine Reihe von Türen und zerschmetterte die Glaspaneele. Jake drückte seine Hände auf den Boden, versuchte aufzustehen, und Glas riss durch seine Haut und drang tief in die Muskeln ein.

»Autsch!«, schrie Jake und blickte auf das Blut an einer Hand. Sein Blick erfasste einige Tropfen, die auf den Boden fielen.

Der Anblick des Blutes brachte ihm einen Gedanken wilder Verwirrung: Er träumte definitiv nicht. Jake stürmte durch die Korridore und suchte nach dem Kapitän.

Jake mochte nicht wissen, wie er hierher gekommen war, wer der Mann im Spiegel war oder wie er nach Hause kommen sollte, aber er wusste, dass er versuchen musste, diese Menschen zu retten. Männer, Frauen und Kinder waren an Bord des Schiffes und reisten aus Gründen, die Jake nicht kannte. Ein neues Zuhause? Ein Urlaub? Oder wegen der Arbeit? Es spielte keine

Rolle; sie waren unschuldige Leben, die gerettet werden mussten. Seine neue Mission war klar.

Jake fand einen Raum, in dem der Kapitän des Schiffes am Bug mit dem Steuerrad kämpfte. Matrosen in blau-weißen Uniformen und mit Matrosenmützen leuchteten mit Fackeln in die Nacht und suchten unermüdlich nach Anzeichen des Leuchtturms. Ihre Stiefel bewegten sich über die Bodenplanken wie viele landende Krähen.

»Kapitän! Ich kann helfen!«, rief Jake und stürmte auf den Mann mit dem großen weißen Bart zu.

»Ich habe keine Zeit, mein Herr«, brüllte der Kapitän über den Lärm der Wellen hinweg.

»Wir müssen wenden. Wir steuern direkt auf die Bucht zu. Dieses Holzschiff hat keine Chance gegen die Felsen in der Bucht. Alle werden sterben«, schrie Jake, ohne seine eigene Stimme wiederzuerkennen.

»Genau das versuche ich zu verhindern«, antwortete der Kapitän.

Jake schaute sich im Raum um und sah einen Tisch mit einer Karte, die mit dem Schiff schwankte. Er griff nach der Karte, untersuchte sie und wedelte damit vor dem Gesicht des Kapitäns herum.

»Haben Sie den Verstand verloren?«, rief der Kapitän.

»Sie müssen mir zuhören! Drehen Sie das Schiff, und wir können vielleicht die Bucht vermeiden.«

Der Kapitän grunzte und packte einen großen, kräftig aussehenden Matrosen, der in der Nähe stand.

»Johnson, übernehmen Sie das Steuer.«

Der Kapitän folgte Jake zum Tisch, wo Jake die Karte hinknallte. Dann zeigte Jake mit dem Finger den besten Weg zur Küste.

»Laut dieser Karte ist unser Weg klar. Wir müssen nur durch den Sturm navigieren«, zuckte der Kapitän mit den Schultern.

»Vertrauen Sie mir, Kapitän, da vorne sind kilometerlange, zackige Felsen. Es ist ein Labyrinth, durch das wir nicht durchkommen werden. Aber vertrauen Sie mir, ich kenne diese Gewässer«, beharrte Jake.

»Herr Locks, auch wenn ich weiß, dass Sie es gut meinen, muss ich Sie bitten, zurückzutreten.«

Herr Locks? Jake erstarrte und beobachtete, wie der Raum um ihn herum in seinen Ohren verstummte. Der Mädchenname seiner Mutter war Locks. In seinen Gedanken blitzten Geschichten seiner Mutter auf, wie sein Ur-Ur-Urgroßvater auf eine Geschäftsreise gegangen war und nie zurückgekehrt sei. War er auf See verschollen? Schaute er durch die Augen seiner Ahnen auf die Welt? Erlebte er dessen Tod, als wäre es sein eigener? Würde er diesem jemals entkommen? Er spürte, wie eine unbekannte Wut in ihm aufstieg, und er wurde noch entschlossener.

Ein lautes Krachen ertönte von der Seite des Schiffes. Das Boot taumelte wie ein verwundetes Ungetüm über das Wasser. Es bebte und schwankte, während der Kapitän versuchte, den Kurs des Bootes zu ändern.

»Wir sinken!«, schrien die verängstigten Passagiere.

»Kapitän, hören Sie mir zu. Das war die erste Kollision. Wenn Sie jetzt nicht den Kurs ändern, sind wir alle verloren«, schrie Jake. Er schob den Kapitän beiseite und griff nach dem Rad, um es im Uhrzeigersinn zu drehen.

»Locks, Mann, sind Sie wahnsinnig? Verhaftet ihn!«, schrie der wütende Kapitän.

Vier Matrosen packten Jake und zogen ihn aus dem Raum, aber Jake kämpfte noch härter. Er musste etwas tun.

»Kapitän....«, schrie Jake.

»Da ist der Leuchtturm!«, rief einer der Matrosen.

Jake suchte den Horizont ab, konnte aber kein Licht sehen.

»Felsen! Wir werden zerschellen!«, schrie die Besatzung.

Sie hatten den Leuchtturm gefunden. Aber es war zu spät. Das Schiff war zu nah. Der Kapitän versuchte zu wenden, aber alles, was er tat, war, das Schiff weiter einzukesseln und keinen Fluchtweg zu lassen. Die Sturheit des Kapitäns und seine Weigerung, Hilfe anzunehmen, hatte sie alle zum Untergang verurteilt. Mit jedem Aufprall zerfiel das Boot. Die Felsen und der Sturm zerrissen das zerbrechliche Gefährt. Das Schiff spaltete sich quer und gähnte auf, Holzbalken explodierten und Splitter flogen umher. Die Passagiere kämpften sich weg, und viele an Deck wurden über Bord geworfen, von dunklen und hungrigen Wellen mitgerissen. Die Menschen kratzten aneinander vorbei, als das Boot kenterte. Diejenigen, die nicht ertranken, wurden gegen die Felsen geschmettert. Und die wenigen, die nicht an Deck waren, wurden von den zerstörten Türrahmen und eingestürzten Gängen darunter begraben. Weitere Donnerschläge donnerten über den Himmel, und über dem Knacken und Brechen von Holz riefen Menschen einander in der Dunkelheit zu. Diejenigen mit Familien riefen Namen, erhielten aber keine Antwort. Die Geräusche des Todes wurden zu einer langsamen Unterhaltung.

Die Winde beruhigten sich, als der Sturm nachließ, und der Regen verlangsamte sich zu einem sanften Tröpfeln. Das Heulen der Sterbenden, die Bitten um Hilfe, begannen zu verblassen, als das Licht zur Bucht zurückkehrte. Hoffnung war hier ein Phantom. Die meisten erkannten, dass keine Hilfe kommen würde, und wurden still, bevor sie ertranken. Einige hatten mehr gekämpft und waren vor Tagesanbruch von der Strömung mitgerissen worden. Jake blinzelte und versuchte, im Wasser wach zu bleiben und ums Überleben zu kämpfen. An einem Felsen treibend, klammerte er sich daran fest, sein Kopf schmerzte, Blut rann in sein Sichtfeld. Schließlich ließ ein blinkendes Licht in der Ferne Jake den Kopf heben. Das Licht des Leuchtturms war das Letzte, was er sah, als die Sonne über dem Horizont aufging. Aber es war zu spät.

20

DIE VERTRAUTEN GERÄUSCHE der geschäftigen Stadt hießen Gordon willkommen. Er lächelte, während er in seinem Pickup fuhr und daran dachte, wie erholsam seine zweiwöchige Auszeit gewesen war. Die Stadtbewohner winkten ihm zu, als er vorbeifuhr, und begrüßten ihn zurück in der Heimat. Kurz nach Sonnenaufgang öffneten die Ladenbesitzer ihre Geschäfte und bereiteten sich auf den bevorstehenden Tag vor, während der Rest der Stadt noch friedlich schlummerte.

Als Gordon am Leuchtturm, seinem Zuhause, ankam, streckte er seine Beine, während das Morgenlicht den Leuchtturm in ein wunderschönes orangefarbenes Leuchten tauchte. Es war noch früh, und Gordon wollte nicht riskieren, den jungen Burschen zu wecken, der in seiner Abwesenheit auf sein Haus aufgepasst hatte.

Über ihm kreischten die Seevögel, und die Brise war warm und sanft. Gordon zündete seine Pfeife an und schlenderte zum Strand hinunter. Während andere die langen Sandstrände und Wellen bevorzugten, mochte Gordon die Bucht unter dem Leuchtturm viel lieber. Sie war immer so abgeschieden und leer;

niemand wollte zackige Felsen und unebenes Gelände sehen. Aber irgendetwas an dem Chaos der Bucht beruhigte Gordon. Es gab Muster darin, die er genießen konnte.

Die Bucht hatte Geschichte, eine Geschichte, die die Stadt vergessen zu haben schien. Aber Gordon hatte nicht vergessen und würde es nie tun. Keiner aus seiner Familie würde das, denn es war ihre Aufgabe, den Leuchtturm zu betreiben – ihre Bürde und ihr Fluch.

Direkt unter dem Leuchtturm befand sich eine große Mauer, die durch den Angriff des salzigen Meeres im Laufe der Jahre angegriffen worden war, aber eine Gedenktafel, fast so alt wie die Stadt selbst, schien immer zu überleben. Als Gordon nach der kleinen Stelle an der Wand suchte, entdeckte er dank der Spiegelung der Sonne einen goldenen Schimmer. Er wischte das Metall mit der Hand sauber, rieb seine Hände an seiner Hose ab und schaute auf den Grund, warum seine Familie Generation für Generation den Leuchtturm betrieb. Die Gedenktafel war eine Erinnerung an die Vergangenheit seiner Familie.

Die Tafel erzählte die Geschichte der vielen Menschenleben, die durch den Ausfall des Leuchtturms verloren gegangen waren, und wie Gordons Familie dazu verflucht sein würde, den Leuchtturm bis zum Ende ihrer Tage zu betreiben. Am Tag von Gordons Rückkehr jährte sich der Untergang des Passagierschiffs zum hundertundzweiunddreißigsten Mal.

»Ich werde niemals vergessen«, flüsterte Gordon und drückte seine Hand auf die Gedenktafel. Er murmelte einige Namen von der Tafel: »Marin, Josephson, Locks, Kenton, Tillery...« Mit ausdruckslosem Blick schaute er zu Boden, überlegte, innezuhalten und das Vaterunser zu sprechen, ging aber stattdessen weiter.

Gordon näherte sich seinen letzten Jahren als Leuchtturmwärter. Bald würde sein Sohn an der Reihe sein. Und wenn diese Zeit käme, würde er seinem Sohn von der Vergangenheit ihrer Familie, ihren Fehlern und dem Fluch erzählen. Gordon betrachtete den Fluch mit einer gewissen Zuneigung. Er hoffte, seinem Sohn sagen zu können, dass all die Gerüchte, die die Stadtbewohner erzählten, wahr seien und dass es am besten sei, den Leuchtturm während dieser zwei Wochen im Sommer zu meiden. In diesen Hoffnungen lag ein gewisser Stolz; er wollte, dass sein Sohn das Risiko verstand, seinen Thron zu übernehmen, und er fühlte sich stets als Beschützer der Stadt. Er würde dem Jungen von der Zeit erzählen, in der die Geister der Toten an Land kamen, um Rache für ihren vorzeitigen Tod zu nehmen.

Das war der allgemeine Gedanke. Aber Gordon hielt einige schmerzlichere Überlegungen für sich. Diese verfolgte Vergangenheit existierte nicht nur um der Verlorenen willen. Für manche war es ein Kind, das weit weg im Dunkeln des unbekannten Wassers kämpfte, unfähig, seinen Eltern zu antworten; es war eine Person, die von einem Holzbrett zerfetzt wurde; es war die Minute vor dem vollständigen Ertrinken. Es würde nicht ausreichen, nur allgemeine Vorstellungen davon zu haben, was passiert war, um die Verlorenen zu ehren. Aber sein Sohn konnte noch warten, bis man ihm das erzählte.

Gordon fühlte sich Jahr für Jahr schrecklich, eine ahnungslose Seele mit dem Fluch zu belasten. Aber wenn er es nicht täte, wäre niemand da, um den Leuchtturm zu betreiben, und die Geschichte würde sich wiederholen – es gäbe einen weiteren Aufprall auf die Felsen, einen weiteren Massentod, wenn das Licht nicht instand gehalten würde. Gordon hatte vor Jahren aufgegeben zu verstehen, was die Toten wollten oder wie man den Fluch brechen könnte. Er hatte sogar eine Séance im Leuchtturm durchführen lassen, ohne Erfolg.

Er betete nur, dass eines seiner Kinder es schaffen würde, bevor es zur Last seiner Enkelin würde. Sie wäre die erste Frau, die den Leuchtturm betreiben würde, und Gordon wollte dieses Leben nicht für sie. Deswegen lebte Gordon für seinen zweiwöchigen Urlaub. Den Leuchtturm zu betreiben war eine einsame Aufgabe, und die meisten Stadtbewohner mieden ihn wegen des Geheimnisses, das sein Zuhause umgab.

Er kümmerte sich mehr um sein Vermächtnis als um diese Ablehnung und empfand diese Umstände als fast ehrenvoll. Dennoch bedauerte er, dass ein so tiefgreifender Verlust sich auf diese Weise manifestiert hatte. Der Fluch war ein losgelöstes Überbleibsel der Stadt, ein Schandfleck, der offen anerkannt und bereut werden sollte. Die meisten wählten es, ihn abzutun; sie wurden von Angst und Aberglauben geleitet, nicht von Akzeptanz oder Verständnis. Niemand wollte helfen, das Problem zu lösen; niemand kümmerte sich darum, außer darüber zu schimpfen, dass es ein Problem war, dass es einfach existierte – wie Krebs. Es gab keine einfachen Antworten hier.

Gordon schlenderte den Strand hinauf und beobachtete, wie das Morgenlicht die Stadt zum Leben erweckte. Junge Leute rannten zum Strand, um zu surfen. Einheimische führten ihre Hunde aus, und die Stadt erwachte zum Leben. Als er auf seine Uhr schaute, dachte Gordon, es sei Zeit, Jake zu wecken.

Gordon klopfte sanft an die Tür und wartete geduldig, aber Jake antwortete nicht. Also klopfte Gordon noch einmal etwas fester.

»Jake? Aufwachen. Lass mich rein«, zwitscherte Gordon.

Als Jake immer noch nicht antwortete, ging Gordon zurück zur Bucht und betrat eine kleine Höhle unter dem Leuchtturm. Er durchquerte die Tunnel, vorbei an den verstreuten Überresten zerbrochener Schiffe und den Skeletten der Opfer des Meeres, und fand die Tür zum Keller. Sie war seit Jahren nicht geöffnet worden, aber mit einem kräftigen Stoß gelang es ihm, sie zu öffnen. Gordon kletterte hinein und ging hinein.

Gordon durchsuchte die Spitze des Leuchtturms und schaltete das Licht für den Tag aus. Er kletterte die Leiter zur Kurbel hinauf, aber Jake war nicht dort. Schließlich überprüfte er seine Hütte. Die Hütte war leer, Jakes Besitztümer waren über das Haus verstreut, und nicht gegessenes Essen stand im Kühlschrank. Die Haustür war verschlossen, und ihr Schlüssel lag auf dem Nachttisch. Dieser Anblick hätte andere alarmiert, aber nicht Gordon.

Achselzuckend machte sich Gordon über das Essen her, das Jake zurückgelassen hatte, und nahm seinen Posten wieder ein. Der Leuchtturm knarrte laut, als Gordon sich wieder einrichtete.

»Ich bin zuhause, altes Mädchen; ich bin zuhause.«

Ende.

AUSGETAUSCHT

21

MORGAN UND SOPHIE saßen im Baumhaus, das Sophies Vater ihr vor Jahren gebaut hatte. Sie kuschelten sich unter die große Decke, die sie vor vielen Sommern aus den alten Band-T-Shirts ihrer Eltern gemacht hatten. Obwohl sie eigentlich zu alt waren, um hier noch viel zu spielen, waren die Mädchen in diesem Baumhaus zusammen aufgewachsen. Bei Wasserschlachten hatten sie endlose Tage damit verbracht, sich vor Sophies Bruder zu verstecken und ihn von oben zu bombardieren. Unzählige Nächte waren vergangen, in denen sie in den Ästen übernachtet und sich gegenseitig Gruselgeschichten erzählt hatten, bevor sie nach drinnen rannten, verängstigt, wenn sie ein Rascheln in den Bäumen hörten. Das Baumhaus war ihr Zufluchtsort, ihr sicherer Hafen und die Heimat all ihrer Geheimnisse. Die Mädchen klammerten sich aneinander, wollten nicht auseinandergerissen werden.

»Es ist verrückt, zu denken, dass jemand anderes dieses Baumhaus benutzen wird. Es ist unseres; es fühlt sich einfach nicht richtig an«, weinte Sophie.

Morgan zog ihre Freundin näher und hielt sie fest, während sie versuchte, nicht selbst zu weinen. Sie musste stark für ihre Freundin sein, trotz ihres eigenen brechenden Herzens.

»Sie können das Baumhaus nehmen«, flüsterte sie, »aber niemand kann uns unsere Erinnerungen nehmen.«

Sophies Mutter rief vom Gras unter ihnen nach oben. »Sophie, du musst irgendwann runterkommen; du musst mit dem Packen fertig werden!«

»Ich will nicht umziehen«, weinte Sophie heftiger in die Schulter ihrer besten Freundin.

Morgan streichelte Sophies Rücken und strengte sich an, das gedämpfte Gespräch zwischen Sophies Eltern zu hören, das zu ihnen hinaufschwebte.

»Wirst du es ihnen sagen?«, flüsterte Sophies Vater.

»Nein, das kann ich nicht. Es würde sie umbringen; das hier ist schon schwer genug«, antwortete Sophies Mutter.

Morgans Magen verkrampfte sich; etwas stimmte nicht. Noch mehr schlechte Nachrichten? Aber sie verlor bereits ihre beste Freundin. Wie konnten die Dinge noch schlimmer werden? Ein vages Grauen überkam sie, ein Verlust von etwas Unbekanntem; sie hörte auf zu weinen.

Sophie schniefte, stand auf und begann widerwillig, die Leiter hinunterzuklettern. »Worüber flüstert ihr beide?«

»Es tut mir leid, Schätzchen, aber ich habe schlechte Neuigkeiten«, stotterte Sophies Mutter. »Die neuen Besitzer haben gefragt, ob wir das Baumhaus entfernen können, bevor sie nächste Woche ankommen.«

»Das Baumhaus? Das könnt ihr nicht!« Sophie bebte vor plötzlicher, klarer Wut und fing fast die Decke nicht auf, die Morgan hinter ihr hinunterwarf. »Ist es nicht schlimm genug, dass ich von meiner besten Freundin *weggerissen* werde!?«

»Es ist ja nicht so, als könnten wir es mitnehmen, Schätzchen.«

Sie meinte den Baum. Es war für Sophie jetzt nur noch eine vergängliche Vorliebe, die bereits verschwand. In ihrem Kopf lag ein Nebel darum.

Morgan schaute zu Sophies Vater, der nicht besonders unauffällig seinen Werkzeugkasten hinter seinem Rücken versteckte. Es war Zeit zu gehen. Mit dem verschwundenen Baumhaus würde es kein Zurück mehr geben. Dieser Abschied fühlte sich an wie der Tod von etwas – von Erinnerung.

»Komm, Sophie, ich helfe dir beim Packen«, bot Morgan an, nahm die Hand ihrer Freundin und führte sie ins Haus.

Die Mädchen packten Sophies Zimmer schweigend in Kisten, und taten so, als würden sie das Geräusch von zerbrechendem Holz und das Krachen auf dem Boden draußen vor dem Fenster nicht hören. Sophie begann tief zu schluchzen. Sie bewegte sich nicht, erstarrt wie eine Puppe. Nach einigen Augenblicken fielen Tränen. Morgan eilte hinüber, um die Vorhänge zu schließen, aber nicht, bevor sie einen Blick auf die letzten Überreste des Baumhauses erhaschte. Die Holzbalken zerbarsten unter der Gewalt von Sophies Vaters Hammer, brachen zusammen und krachten zu Boden, bis die Äste kahl waren. Die Narben im dunklen Holz waren jetzt das einzige Zeichen dafür, dass das Baumhaus oder Sophie und Morgan je dort gewesen waren.

Morgan flitzte quer durch den Raum, schloss ihr Handy an ihren noch nicht ausgepackten Bluetooth-Lautsprecher an und stellte ihre Lieblingsplaylist für gute Laune an. »So, kein Weinen mehr. Ich weiß nicht, wie viel mehr ich ertragen kann«, sagte sie und zwang sich zu einem Lächeln. »Wir haben noch ein paar Tage zusammen. Lass uns das Beste daraus machen.«

Damit nahm Morgan Sophies Hand und tanzte wie eine Verrückte im Zimmer herum, bis ihre Freundin in Gelächter ausbrach.

Der Rest der Woche verging wie im Flug mit Packen. Sie

schufen neue Erinnerungen, verbrachten diese letzten Tage im Park und in der Mall, machten so viele Fotos wie möglich, übernachteten so oft wie möglich bei Morgan und blieben lange auf, um Filme zu schauen. Meistens versuchten sie, nicht an den immer kürzer werdenden Countdown bis zu dem Tag zu denken, an dem Sophie gehen würde.

Schließlich kam die gefürchtete Stunde. Sophie und Morgan saßen auf Sophies Türstufen und sahen zu, wie die Umzugshelfer ihre Möbel einpackten und Sophies Eltern das Auto beluden.

Sophie wischte sich mit dem Handrücken über die Wange. »Ich kann nicht glauben, dass es endlich passiert. Es ging zu schnell.«

»Ich weiß. Ich wünschte auch, du könntest bleiben. Aber Mama hat gesagt, wenn es für deine Mama in Ordnung ist, kannst du uns immer besuchen«, bot Morgan an.

Sophie schniefte und zog sich auf die Füße. »Ich habe ein Geschenk für dich. Warte hier.« Sie rannte in ihr Haus und kam Momente später mit einem großen, in buntes Seidenpapier eingewickelten und mit Bändern verzierten Paket zurück.

»Sophie, das hättest du nicht tun müssen«, sagte Morgan. »Ich fühle mich so schlecht, dass ich dir nichts besorgt habe.«

»Es ist nichts Besonderes, aber ich möchte, dass du es hast.«

Morgan nickte und riss das Papier auf. Darin war eine Decke mit dem Logo ihrer Lieblingsband. Sie hatten sie zusammen gemacht, indem sie mit einem Dampfbügeleisen die Kunst auf den Baumwollstoff aufgebracht hatten.

»Ich möchte, dass du sie hast. Du warst die beste Freundin, die sich ein Mädchen wünschen kann. Aber du bist mehr als eine Freundin. Du bist wie eine Schwester für mich«, lachte Sophie und stieß Morgan mit dem Ellbogen in die Seite. »Außerdem, wenn du die Decke hast, gibt es mir mehr Gründe, zurückzukommen.«

Morgan warf ihre Arme um Sophies Hals und umarmte sie fest.

»Ich liebe sie. Ich liebe dich. Du bist auch meine Schwester«, weinte Morgan.

»Nein! Fang nicht an zu weinen. Du bist die Starke. Wenn du weinst, fange ich wieder an zu weinen.«

Sophies Eltern riefen sie zu sich. Morgan stand neben ihrer Mutter und winkte ihrer besten Freundin zum Abschied. Der Motor des Umzugswagens brummte, fuhr langsam aus der Einfahrt, und die Abfahrt markierte das Ende einer Ära.

Morgans Sicht verschwamm. Es gab keine Chance, dass Sophie und ihre Eltern zurückkehren würden.

22

Morgan schaute aus dem Fenster ihres Schlafzimmers. Ihre Mutter ging über die Straße zum Haus der neuen Nachbarn und trug einen Plastikbehälter mit ihren berühmten Makkaroni mit Käse - ein Willkommensgeschenk für sie. Das tat ihre Mutter immer, wenn jemand neu einzog. Morgans Mutter betonte stets die Wichtigkeit der Gemeinschaft und legte Wert darauf, alle ihre Nachbarn kennenzulernen.

Morgan sah ein junges Paar in der Türöffnung des früheren Zuhauses ihrer Freundin erscheinen: eine große blonde Frau kam heraus, ihre Haare zu einem straffen Pferdeschwanz zusammengebunden. Sie hatte braune Strähnen. Sie sprach mit ihrer Mutter, wirkte sehr freundlich und hatte ein so großes und strahlendes Lächeln, dass Morgan es von ihrem Zimmer aus leuchten sehen konnte, wie Licht, das auf einer Glasfläche glänzt. Die junge Frau stellte ihren Ehemann Morgans Mutter vor. Gelangweilt vom Zuschauen ihres Gesprächs, kuschelte sich Morgan zurück in ihr Bett und blätterte weiter durch ihre Fotoalben, während sie sich an eine glücklichere Zeit mit ihrer alten Freundin erinnerte. Der Kontaktabbruch zu Sophie fühlte sich fast schon skandalös an.

»Schätzchen, du musst aus diesem Tief rauskommen«, sagte Morgans Mutter beim Abendessen.

Morgan schob ihr Essen auf dem Teller herum, ohne großen Appetit. Sie hatte ihren Appetit verloren, seit Sophie weggezogen war. Sie brummte eine Antwort und sah dabei nicht von ihrem Teller auf.

»Ich mache dir einen Vorschlag. Du isst dein Abendessen auf, gehst nach oben und machst deine Hausaufgaben, bevor die Schule nächste Woche wieder anfängt. Und ich lasse dich meinen Laptop benutzen, um mit Sophie zu skypen, und ich erlaube dir sogar, länger aufzubleiben. Wie klingt das?«

»Wirklich?«, fragte Morgan aufgeregt.

»Wenn es wieder ein Lächeln auf dein Gesicht zaubert, dann ja.«

Morgan lächelte und fühlte sich endlich gut genug, um eine Mahlzeit zu beenden. Sie machte sich über die Makkaroni mit Käse ihrer Mutter her und schloss mit einem heißen Schokoladeneisbecher ab, umarmte ihre Mutter und rannte nach oben, um mit ihren Hausaufgaben zu beginnen. Morgan hatte ihrer Mutter nicht erzählt, dass sie in den Sommerferien nicht viel für die Schule getan hatte, also musste sie eine Menge nachholen. Aber sie wusste, wenn sie sich richtig reinknien würde, könnte sie es schaffen.

Zuerst Mathe – Algebra. Morgan hasste Algebra. Sophie war immer besser darin gewesen. Sie legte es beiseite und dachte, sie könnte Sophie später um Hilfe bitten, wenn sie anrufen würde. Sie erledigte, was sie konnte, und legte es zur Seite. Nachdem sie schnell ihre Englischaufgabe abgeschlossen hatte, ging Morgan zur Geschichte über. Wie eine Frau mit einer Mission investierte sie ihre ganze Konzentration in ihre Arbeit, bis etwas ihre Aufmerksamkeit erregte.

Erfüllt von dem plötzlichen Gefühl, beobachtet zu werden, überkam Morgan ein Schauer. Sie zog die Banddecke um ihre Schultern und blickte aus ihrem Fenster. Das Haus gegenüber – ihre neuen Nachbarn – war in Dunkelheit gehüllt. Die Autos waren weg von der Garageneinfahrt. Sie nahm an, dass sie zum Abendessen ausgegangen waren, aber im obersten Fenster im dritten Stock brannte Licht.

Morgan trat näher an ihr Fenster heran und schaute hinaus. Ein Junge in etwa ihrem Alter stand am Fenster und starrte zurück. Morgan errötete und strich sich verirrte Haarsträhnen hinter die Ohren. Sie fand ihn süß und groß, mit dunklen Haaren und Gesichtszügen, die sie an einen Popstar erinnerten. Morgan beobachtete, wie der Junge ohne zu blinzeln zurückstarrte, sein Gesicht ausdruckslos.

Als sie am Morgen eingezogen waren, konnte sich Morgan nicht erinnern, die neue Familie mit einem Jungen gesehen zu haben, aber sie war schnell in ihr Zimmer verschwunden. Vielleicht war er zu Hause und machte seine Hausaufgaben, bereitete sich ebenfalls auf die Schule vor. Morgan und der Junge sahen sich eine Weile an. Seine Augen wandten sich nicht von ihren ab. Dann, etwas verlegen, lächelte Morgan und winkte. Der Junge bewegte sich nicht. Sie winkte erneut, und er blieb still. Beschämt, verlegen und mit rotem Gesicht tat Morgan so, als hätte ihre Mutter sie gerufen, murmelte die Worte »Bin gleich da«, was ihr den Anlass gab, schnell die Vorhänge zu schließen.

»Hey Schatz, wie kommst du voran?«, fragte ihre Mutter, klopfte an ihre Tür und steckte den Kopf durch den Türrahmen.

»Alles erledigt«, lächelte Morgan, froh über die Ablenkung. Sie holte tief Luft.

»Sehr gut. Hier, viel Spaß. Möchtest du heiße Schokolade?«
Ihre Mutter reichte ihr ihren Laptop.

»Klar, klingt toll. Extra Marshmallows, bitte.«

»Wie immer«, kicherte ihre Mutter.

Morgan konnte es kaum erwarten, mit ihrer Freundin zu sprechen und herauszufinden, ob Sophie sie genauso vermisste, wie
sie Sophie vermisste. Während sie darauf wartete, dass der Bildschirm geladen wurde, rutschte Morgan voller Vorfreude hin und
her. Dann erwachte der Bildschirm endlich zum Leben, und
Sophies Gesicht lächelte zurück.

»Oh mein Gott, Morgan, ich habe dich so sehr vermisst«, rief
Sophie, ihr Gesicht strahlte mit ihrem hellen Lächeln.

»Ich habe dich auch vermisst. Wie ist Kalifornien?«

Sophie erzählte Morgan von den süßen Jungs in ihrer Straße,
wie ihre Eltern versuchten, sie zum Freundeschließen zu ermutigen, und von ihrer neuen Schule. Sophie mochte die Hitze schon
immer, also liebte sie die kalifornische Sonne. Nach ihrer strah-
lenden Haut zu urteilen, liebte die Sonne sie auch.

»Also, ist die neue Familie schon eingezogen?«, fragte Sophie.

»Ja, und ich hatte das merkwürdigste Erlebnis mit ihrem
Sohn.«

»Ooooh, erzähl«, zwitscherte Sophie und klatschte in die
Hände.

»Nichts in der Art. Ich sah ihn durchs Fenster, wie er mich
beobachtete. Er stand einfach da und starrte. Ich winkte, und er
blinzelte nicht einmal. Ich tat so, als hätte Mama mich gerufen,
damit ich die Vorhänge schließen konnte. Es war so peinlich«,
klagte Morgan.

Sophie lachte laut, bis ihre Freundin mit ihr lachte.

»Das Wichtigste ist... ist er süß?«, zwinkerte Sophie.

»Oh, supersüß. Er sieht aus wie ein Popstar, weißt du, die Sorte
Typ, der dir das Herz bricht«, spottete Morgan.

»Oh mein Gott, ich liebe ihn jetzt schon. Sah er wie einer der Typen aus unserer Band aus?« Morgan antwortete nicht. »Er war wahrscheinlich genauso traurig über den Umzug wie ich. Stell dich vor, wenn du ihn in der Schule triffst. Wer weiß, vielleicht schreibst du beim nächsten Mal, wenn wir reden, schon seinen Namen überall in dein Notizbuch«, lachte Sophie.

»Sophie, nein«, tadelte Morgan, lächelnd.

»Ich vermisse dich, Mädchen.«

»Ich vermisse dich auch«, lächelte Morgan wieder und fühlte sich irgendwie verpflichtet, mit ihrer Mutter zu reden, als diese mit der heißen Schokolade hereinkam.

23

MORGAN WAR NICHT BEREIT, ohne ihre beste Freundin wieder zur Schule zu gehen. Aber ihre Mutter erinnerte sie daran, dass sie auch andere Freunde hatte.

»Martin ist immer noch in der Schule, und ich weiß, wie eng du und Sophie mit ihm befreundet seid. Du wirst einen tollen Tag haben. Der erste Tag zurück in der Schule ist immer ein Reinfall. Ich erinnere mich an eine Zeit, als...«

»Bitte, Mama, ich brauche nicht noch eine deiner Es-war-einmal-Geschichten aus der Steinzeit«, neckte Morgan.

Der Mund ihrer Mutter klappte auf in gespieltem Schock und Entsetzen. Sie legte ihre Hand an die Brust und sah sichtlich gequält aus, als wäre sie plötzlich von einer unbekannten Kraft verwundet worden.

»Oh, der Tag ist gekommen, an dem mein Spross sich über mein Alter lustig macht. Wie soll ich *jemals* darüber hinwegkommen?«

Morgan und ihre Mutter brachen in Gelächter über diesen Unsinn aus. Sie umarmten sich, die Lunchpakete wurden gepackt, und Morgan machte sich auf den Weg die Straße hinunter, um den Schulbus zu erwischen. Als sie an Sophies altem Haus vorbeiging, schaute sie zum Fenster im dritten Stock hinauf. Sophie war vielleicht weggezogen, aber ein neuer Junge auf der anderen Straßenseite bedeutete neue Möglichkeiten für Freundschaften.

Morgan dachte an den Vorabend zurück und erinnerte sich daran, wie der Junge ausgesehen hatte. Sein Haar war mittelbraun, nicht lockig; seine Augen waren blau und aufmerksam. Sie fragte sich, ob er etwas älter war als sie und ob sie ihn in der Schule sehen würde.

Wenn er in keiner meiner Klassen ist, könnte ich einfach nach der Schule vorbeischauen, um mich vorzustellen, dachte Morgan.

NACH SCHULBEGINN WURDEN alle Schüler in die Aula gerufen. Wie die Schule zu jedem Jahres- und Semesterbeginn tat, gab es die übliche Willkommensrede. Während die Schulleiterin zur Menge über ihre Pläne für das neue Schuljahr, Projekte für die Schulclubs und die Erfolge der Sportmannschaften sprach, musterte Morgan die Gesichter ihrer Mitschüler.

Wie Morgan hörten nicht viele andere Kinder zu. Einige saßen mit ihren Gesichtern auf ihre Handys geklebt, andere flüsterten miteinander, und einige saßen sogar mit gesenktem Kopf und gönnten sich ein kurzes Morgennickerchen. Es gab Reihen über Reihen von Schülern, alle nach Klassenstufen geordnet. Die neuen Kinder saßen normalerweise an der Seite der Aula, um zu beobachten, bevor sie ihren neuen Klassen zugeteilt wurden, aber Morgan konnte den Jungen von der anderen Straßenseite nicht in der Reihe der acht neuen Schüler sehen.

Nun, er könnte in einer höheren Klasse sein, und es gibt hier viele Gesichter, dachte Morgan.

Da sie das Gesicht in der Menge nicht finden konnte, saß Morgan mit nach vorne gerichtetem Blick. Sie nickte und lächelte mit, aber wie ihre Mitschüler schenkte sie der Schulleiterin nicht wirklich Aufmerksamkeit.

»ALSO, Klasse, ich möchte, dass ihr alle euren neuen Klassenkameraden einen herzlichen Empfang bereitet«, zwitscherte Frau Lydia, Morgans Lehrerin.

Morgans Kopf schoss von ihrem Notizblock hoch, auf dem sie gekritzelt hatte, während der Rest ihrer Klasse eintraf. Aufgeregt, dass sie ihren neuen Nachbarn treffen könnte, streckte Morgan den Hals, um über einige ihrer größeren Mitschüler hinwegzusehen. Drei Gestalten betraten den Raum, aber Morgan hatte immer noch Mühe, sie zu sehen.

»Klasse, begrüßt bitte Jordon aus New Jersey, Lauren aus Ohio und Christian, der den ganzen Weg aus England gekommen ist... Wir haben noch einen weiteren Schüler erwartet, aber es sieht so aus, als hätte er sich verlaufen«, lächelte Frau Lydia, klatschte in die Hände und ermutigte die Klasse, es ihr gleichzutun.

Morgan stand von ihrem Platz auf, um einen Blick auf den neuen Jungen zu erhaschen. Aber der Junge vor ihr war blass mit Sommersprossen, die sein Gesicht übersäten, und dickem, rotem, lockigem Haar. Er war nicht der gutaussehende junge Mann vom Fenster im dritten Stock gegenüber.

»Entschuldigung, ich habe mich verlaufen. Ist das Frau Lydias Klasse?«, fragte ein rauer texanischer Akzent.

Morgans Kopf schoss zur Tür, in der Erwartung und Hoffnung, dass er derjenige war, den sie suchte, aber nein. Wieder einmal wurde Morgan enttäuscht.

Morgan verbrachte ihren Tag wie gewohnt, vertiefte sich in neue Aufgaben und engagierte sich im Debattierclub der Schule. Doch egal, wie sehr sie versuchte, sich zu beschäftigen, wanderten ihre Gedanken zu dem Jungen am Fenster. In jedem Flur, in den sie einbog, sah sie ein Gesicht in der Menge oder eine Silhouette, nur um sich zum Narren zu halten, wenn sie sich näherte und feststellte, dass er es auch nicht war. Sie wusste, dass sie nach ihm suchte, und fühlte sich von dieser Motivation verfolgt; eine Faszination schlich sich ein, die ihre Aufmerksamkeit für alltägliche Aufgaben beeinträchtigte. Besonders der Mathematikunterricht wurde zu einem Nebel. Sie vergaß kurzzeitig, wie man dividiert, und errötete heimlich über diesen Aussetzer.

Selbst beim Mittagessen, als Morgan ihren Freunden zuhörte, wie sie über ihre Sommerferien plauderten, musterte Morgan jedes Gesicht, das die Cafeteria betrat und jedes Gesicht, das sich anstellte, um bedient zu werden. Sie fühlte sich angespannt bei diesem Vorgehen, konnte aber nicht damit aufhören.

»Suchst du jemanden?«, fragte Loretta und schnippte mit den Fingern vor Morgans Gesicht.

»Was? Oh, nein, ich war nur in meiner eigenen Welt«, lächelte Morgan zurück.

»Du bist den ganzen Tag schon so. Du hast in den letzten zwanzig Minuten nur in deinem Mittagessen herumgestochert. Sophies Umzug hat dich wirklich fertiggemacht, oder?«, fragte Michael.

»Ja, ich vermisse Sophie«, gab Morgan zu.

Auf der Busfahrt nach Hause gab Morgan auf. *Ich wette, er geht auf eine dieser schicken Privatschulen in der Innenstadt*, dachte

Morgan. *Seine Eltern sahen so aus, als hätten sie Geld, nach den Möbeln zu urteilen, die sie einräumten.*

»Hey Schätzchen, wie war die Schule?«, fragte ihre Mutter, als Morgan ihren Schulrucksack auf die Küchentheke warf.

»Okay, denke ich. Nichts Aufregendes ist passiert. Wie war die Arbeit?«

»Das Übliche, aber ich hatte ein schönes Gespräch mit unseren neuen Nachbarn. Natalia heißt sie, sie mochte meine Makkaroni mit Käse sehr und brachte einen Weidenkorb mit Muffins als Dankeschön vorbei.«

Morgan war plötzlich hellwach und hörte ihrer Mutter zu, wie sie über Natalia und ihren Mann Lucas sprach, als hätte sie zwei neue beste Freunde gefunden. Getränke wurden für das Wochenende verabredet, und die neue Familie organisierte eine Grillparty für ein paar Wochen später, wenn sie sich eingelebt haben würden, um alle kennenzulernen.

»Wow, sie klingen so cool.« Dann begann Morgan: »Was ist mit ihren Kindern?«

»Sie haben keine. Natalia hat mehrere Nichten und Neffen und sagte, sie mag es, die schönen Zeiten mit ihnen zu teilen und sie am Ende des Tages ihren Eltern zurückzugeben. Ich fand das einen seltsamen Kommentar, aber ich habe trotzdem gelacht.«

»Also keine Kinder?«, fragte Morgan noch einmal.

»Nein, nur Mann und Frau«, lächelte sie vorsichtig.

24

NEUGIERIG UND VERWIRRT, war Morgan für den Rest des Abends abgelenkt. Als ihre Mutter schließlich immer wieder fragte, ob alles in Ordnung sei, log Morgan und behauptete, sie hätte einige knifflige neue Schulaufgaben, über die sie nachdenke.

Letztendlich gewann die Neugier die Oberhand. Unter dem Vorwand, früh ins Bett gehen zu wollen, begab sich Morgan in ihr Zimmer. Als sie durch die Vorhänge spähte, setzte ihr Herz einen Schlag aus. Im Fenster im dritten Stock stand der Junge, als hätte er sich seit dem letzten Mal nicht bewegt.

Morgan öffnete die Vorhänge, und der Junge bewegte sich nicht, starrte unverwandt mit demselben leeren Gesichtsausdruck zurück. Morgan winkte, diesmal ohne Angst zu bekommen, und wartete darauf, dass er zurückwinkte. Tat er nicht. In der Annahme, dass der Junge etwas seltsam war, beschloss Morgan, ihre Hausaufgaben an ihrem Schreibtisch zu erledigen. Sie versuchte so zu tun, als würde es sie nicht stören, und schaute immer wieder nach, ob der Junge noch da war. Wenn sie aus dem Augenwinkel schielte, bewegte sich der Junge nicht. Er stand weiterhin da und beobachtete Morgan bei der Arbeit. Es war ein seltsames Gefühl, seine Augen auf ihr zu spüren, während sie an ihrem Schreibtisch saß, als ob er irgendwo in einer Ecke wäre. Sie hatte keine Angst, weil sie in vielerlei Hinsicht allein war. Sie wusste nur, dass er da war, weil sie manchmal zu ihrem Fenster hinüberlugte und es etwas seltsam fand, dass er einfach in ihr Zimmer starrte, obwohl es aufgrund der Entfernung angenehm genug war. Ihre Tür war verschlossen und ihr Fenster geschlossen. Das Ereignis ähnelte dem Vorbeigehen an einem verregneten Abflusskanal, der mit irgendetwas Bewegendem, aber Unerkennbarem verstopft war. Ihre Augen wanderten wieder zum Fenster, während sie ihren Aufsatz beendete.

Schließlich wurde Morgan müde. Sie schloss ihre Vorhänge und ging in ihr angrenzendes Badezimmer, um sich die Haare zu waschen und sich fürs Bett fertig zu machen. Völlig entspannt sank sie ins Bett, wo ihre Gedanken noch immer bei dem Jungen im Fenster waren. Wer war er? Warum bestritten seine Eltern seine Existenz? Und warum starrte er ständig? ... Existiert er überhaupt? Morgan träumte, dass sie ihn anschrie, er solle reden oder wenigstens blinzeln. Aber wie eine Statue stand er da und beobachtete.

Verwirrt und etwas beunruhigt von dem Traum, prüfte Morgan als Erstes nach dem Aufwachen, ob der Junge noch da war. Als sie sah, dass er nicht da war, nahm sie an, dass er entweder noch schlief oder bereits auf dem Weg zu seiner Schule war.

Beim Frühstück mit ihrer Mutter brachte Morgan die neuen Nachbarn zur Sprache. Sie wollte alles wissen, was ihre Mutter über sie wusste. Natalia war eine Hochzeitsplanerin und verbrachte den größten Teil ihres Tages mit Reisen, Gesprächen mit Lieferanten und Veranstaltungsorten und die meisten ihrer Wochenenden auf verschiedenen Hochzeiten. Lucas war ein Fotograf, der sich auf die Vermarktung von Smartphone-Fotobearbeitungs-Apps spezialisiert hatte. Er hatte an einigen ziemlich beeindruckenden Kampagnen gearbeitet, und Morgan erkannte, dass sie eine seiner Apps benutzte. Manchmal half er bei der Fotografie der Hochzeiten, die Natalia plante. Sie waren ein gutes Paar, sagte ihre Mutter.

Das neue Paar hatte kürzlich geheiratet und ihr erstes gemeinsames Haus gekauft. Aber da sie beide so karriereorientierte Menschen waren, wollte keiner von beiden Kinder. Morgan war erstaunt über die Menge an Informationen, die ihre Mutter aus nur wenigen kurzen Gesprächen beim Austausch von Tellern erfahren hatte. Aber Morgans Mutter war die Art von Frau, die einen Fremden auf der Straße anhalten und dessen Lebensgeschichte herausfinden konnte.

»Jedenfalls, genug gequatscht, du solltest dich für die Schule fertig machen«, sagte ihre Mutter und scheuchte sie weg, während sie den Tisch abräumte.

Morgan duschte, putzte sich die Zähne und kämmte sich die Haare, und trug ein sehr minimales Make-up auf. Dann, während sie ihre Tasche packte, fühlte sie sich zum Fenster hingezogen. Der Junge war immer noch nicht zurückgekehrt, aber sie beobachtete, wie Lucas aus dem Haus kam. Mit dickem, zerzaustem blondem Haar und einem passenden Bart trug er zerrissene dunkle Jeans und ein einfaches weißes T-Shirt. Seine Kamera hing über seiner Schulter, und er hatte einen Reisebecher mit Kaffee in der Hand. Morgan sah zu, wie er in seinen BMW stieg und mit dröhnender Musik aus den Autofenstern davonfuhr.

»Morgan, du wirst zu spät kommen. Beeil dich!«, rief ihre Mutter die Treppe hinauf.

Um den Schulbus nicht zu verpassen, umarmte Morgan schnell ihre Mutter und schnappte sich ihr Mittagessen, bevor sie aus der Tür stürmte. Als sie ging, beobachtete sie Natalia in einem leuchtend fuchsiafarbenen Hosenanzug und mörderischen High Heels, wie sie zu ihrem Auto eilte; mit dem Telefon unter dem Arm und einem Stapel Ordner kämpfend, huschte sie in ihr Auto und fuhr mit hoher Geschwindigkeit davon.

Während Morgan auf ihren Schulbus wartete, behielt sie das Haus im Auge und wartete darauf, dass der Junge das Haus verließ, aber niemand sonst verließ das Haus. Sie übte ein paar Augenblicke lang, das Fenster aus dem Augenwinkel zu beobachten. Die Anstrengung verursachte leichte Kopfschmerzen. Sie seufzte und stieg in den Bus.

25

UNFÄHIG, aufzuhören über das neue Paar und den mysteriösen Jungen am Fenster nachzudenken, beschloss Morgan, dass es an der Zeit war, mit jemandem darüber zu sprechen. War es eine Obsession? Brauchte sie Hilfe? Da Sophie für einen Videoanruf nicht verfügbar war, wandte sich Morgan an die einzige andere Person, der sie vertraute. Ihr zweitbester Freund, Michael.

»Hey M, wie geht's dir? Hab dich gestern vermisst, aber wie's aussieht, haben wir heute zusammen Biologie«, sagte Michael und gab Morgan einen sanften Klaps auf die Schulter.

»Ja, ich glaube, wir haben auch Englisch und Geschichte zusammen«, lächelte Morgan.

Die Klingel läutete und signalisierte, dass es für die Schüler Zeit war, zu ihrer nächsten Stunde zu gehen. Während sie sich durch die überfüllten, lauten Flure drängten, hörte Morgan zu, wie Michael von seinem Angelausflug mit seinem Vater und Großvater und dem Monster-Truck-Event erzählte, bei dem er mit seinem älteren Bruder Simon war.

»Wie waren deine Ferien? Wie hältst du dich, seit Sophie weg ist? Ich bin so traurig, dass ich keine Chance hatte, mich zu verabschieden«, sagte Michael und wich einem älteren Schüler aus, der durch den Flur stürmte.

»Ich vermisse sie. Die neuen Nachbarn sind jetzt auch eingezogen«, antwortete sie.

»Wow, wie sind die so?«, fragte Michael.

Sie betraten ihren Biologieunterricht bei Herrn Jones, der die Schüler bat, sich *bitte* ruhig zu setzen und sich auf den Beginn des Unterrichts vorzubereiten, was Michaels und Morgans Gespräch abrupt beendete. Morgan und Michael bekamen keine weitere Gelegenheit, ihr Gespräch fortzusetzen, bis zur Mittagspause. Michael bemerkte das Gleiche, was auch ihre anderen Freunde am Mittagstisch gesehen hatten. Morgan stocherte in ihrem Essen herum und war sehr abgelenkt.

»Also, du hast mir von deinen neuen Nachbarn erzählt. Wie sind sie so?«

»Ach ja. Ziemlich seltsam -«, antwortete Morgan.

»Inwiefern?«

Morgan erzählte Michael, dass sie, als Natalia und Lucas eingezogen waren, ihren Sohn nicht bei ihnen bemerkt hatte. Sie erklärte ihre Berufe und alles, was ihre Mutter ihr aus dem Gespräch mit Natalia erzählt hatte.

»Das klingt eigentlich ganz normal. Ist irgendwas komisch daran?«, fragte Michael.

»Nun, in der Nacht, als sie eingezogen sind, habe ich meine Vorhänge geöffnet und einen Jungen in unserem Alter, vielleicht etwas älter, im Fenster im dritten Stock gesehen. Er stand da und starrte, fast wie eine Statue. Er hat nicht geblinzelt oder sich bewegt. Ich habe ihm zugewinkt, aber er hat nicht reagiert.«

»Er war wahrscheinlich schüchtern.«

»Das ist nicht mal das Seltsamste. Ich habe ihn gestern nicht in der Schule gesehen, und als ich nach Hause kam, sagte meine

Mutter, dass sie keine Kinder haben. Aber er war letzte Nacht wieder am Fenster und hat mich beobachtet.«

Michael kaute einen Moment nachdenklich an seinem Mittagessen. »Vielleicht wird er zu Hause unterrichtet.«

»Aber warum würden sie sagen, dass sie keine Kinder haben?«, fragte Morgan.

»Nun, er klingt ein bisschen seltsam, wie er starrt, sich nicht bewegt oder reagiert. Vielleicht ist er besonders, und seine Eltern schämen sich? Vielleicht halten sie ihn versteckt, weil er gefährlich ist -«, er unterbrach sich selbst: »Nein, vielleicht ist er autistisch oder so.« Er hielt inne, um von einem Becher Milch zu trinken. »Manche Leute sind so...«

Michaels Wortwahl schockierte Morgan. Wenn der Junge gefährlich war, war sie dann sicher, wenn sie auf der gegenüberliegenden Straßenseite wohnte? Ihr Kopf raste mit Möglichkeiten. Sie hatte gehofft, dass das Gespräch mit Michael ihre Gedanken beruhigen würde. Michael war normalerweise eine sehr logische Person, er gab großartigen Rat und machte immer Sinn, aber jetzt fühlte Morgan sich nur ängstlicher und neugieriger als zuvor. Je mehr sie darüber nachdachte, desto mehr Fragen kamen ihr in den Sinn.

Ihr kam ein Gedanke. Sie nahm ihr Handy und suchte nach lokalen Vermisstenanzeigen für einen Jungen, der seiner Beschreibung entsprach. Leider kam keine Vermisstenanzeige in die Nähe, und die Suche ergab nur fünf Ergebnisse. Die meisten waren Mädchen, und die Jungen waren viel jünger. Sie erweiterte ihre Suche auf regionale und nationale Warnungen, aber die Ergebnisse waren viel zu zahlreich, um sie durchzusehen. Sie würde stundenlang beschäftigt sein.

»Was machst du da?«, fragte Michael, schnappte sich ihr Handy und überflog die Ergebnisse.

»Was, wenn sie ihn entführt haben?«

»Komm schon, Morgan, warum sollten sie ihn allein lassen, wenn sie ihn entführt haben? Er könnte fliehen, während sie außer Haus sind«, argumentierte Michael. »Außerdem ist er wahrscheinlich eher autistisch als gewalttätig... oder?« Er klang sehr unsicher.

»Was, wenn er in diesem Zimmer *eingeschlossen* ist?«, blaffte sie.

»Guter Punkt, aber warum würde er nicht versuchen, dich um Hilfe zu bitten, wenn er gefangen wäre?«

Gegen dieses Argument konnte Morgan nichts sagen. Sie wusste, wenn sie entführt worden wäre, würde sie alles tun, um jemanden zu alarmieren, der sie sah. Warum hatte er nicht mehr getan, als nur dazustehen und zu starren? Sie grübelte und kam zu einer neuen Frage.

»Was, wenn sie ihn gegen seinen Willen festhalten? Weißt du, wie einen Gefangenen. Er könnte ihr Sohn sein, aber sie könnten Angst haben, dass er weglaufen wird. Als ob er schon einmal versucht hätte, wegzulaufen«, schlug Morgan vor.

»Gleiche Antwort; warum unternimmt er nichts dagegen? Ist ihm überhaupt klar, dass er etwas dagegen tun *sollte*?«, fragte Michael. Der Mangel an guten Antworten fühlte sich an wie ein Abwinken des Themas.

Morgan schnappte sich ihr Handy zurück und suchte nach Artikeln über Lucas und Natalia, aber ohne ihren Nachnamen zu kennen, konnte sie die Suche nicht eingrenzen. Also recherchierte sie etwas intensiver und fand Natalias Hochzeitsplanungs-Website. Die 'Über mich'-Seite beschrieb Natalia, ihre Ehe mit Lucas und wie sie sich in der Highschool kennengelernt hatten. Bilder, die ihr gemeinsames Leben dokumentierten, zeigten Feiertage, ihren Hochzeitstag und wie sie über die Jahre zusammen gewachsen waren. In vielen Fotos waren die Ränder leer, meist weiße oder schwarze Flächen mit zentrierten Bildern. Warum war kein Weihnachtsbaum neben einem von ihnen zu sehen, wie sie ein Geschenk auspackten? Sie konnte verstehen, dass auf den Hochzeitsfotos hauptsächlich das Brautpaar zu sehen war, aber selbst beim Bouquet-Wurf waren die Frauen in der Mitte zusammengedrängt, ohne Stühle oder andere Personen in der Nähe, wie eine Herde. Ein folgendes Foto zeigte die Frau, die den blassroten Strauß gefangen hatte, wieder zentriert, zwischen Lucas und Natalia stehend. Die Frau blickte ausdruckslos in die Kamera, und Braut und Bräutigam schienen von etwas abgelenkt zu sein, das sich nicht im Bild befand. Diese Darstellung erschien nicht absurd; sie zuckte all das ab. Keine Bilder zeigten Kinder, und es wurde auch keine Erwähnung von Kindern gemacht.

Eine weitere Suche führte sie zu Lucas' Fotografie-Seite. Seine Bilder waren unglaublich und lenkten Morgan kurzzeitig von ihrem eigentlichen Zweck auf der Seite ab. Als sie seine 'Über mich'-Seite durchsuchte, fand sie eine ähnliche Beschreibung und Fotografien wie auf Natalias Seite. Nichts von Interesse.

Einige Minuten waren vergangen. »Warum bist du so fixiert auf diesen Typen? Ist er heiß?«, neckte Michael.

»Ich will nicht lügen. Er ist süß, richtig super-süß. Aber es ist mehr als das. Irgendetwas fühlt sich einfach seltsam an bei der ganzen Sache. Ich muss mehr über ihn herausfinden und wissen, dass er in Sicherheit ist.«

»Bist du sicher, dass das nicht nur deine Art ist, zu projizieren? Du warst für Sophie immer wie eine große Schwester. Vielleicht vermisst du sie mehr als du denkst, und das ist deine Art, wie sich deine Gefühle in einem neuen Projekt manifestieren«, zuckte Michael mit den Schultern.

Morgan dachte über seinen Kommentar nach. Sophie war nur ein Jahr jünger als Morgan, und sie kannten sich, seit sie laufen konnten. Morgan hatte Mobber vertrieben und Sophie geholfen, Schlittschuh zu laufen und Fahrrad zu fahren, ohne zu merken, dass sie in ihrer Freundschaft die Rolle der Beschützerin und großen Schwester übernommen hatte. Aber so sah sie den Jungen am Fenster nicht an. Selbst wenn sie von Natur aus beschützend war, sagte ihr das Rumoren in ihrem Bauch und das Ziehen in ihrer Brust, dass etwas Tiefgründigeres und Unheimlicheres im Spiel war.

»Was ist daran falsch? Angenommen, du hast recht. Ist es falsch, dass ich jemandem helfen will?«, fragte sie.

»Überhaupt nicht. Ich finde es sogar großartig. Aber mach dich nicht selbst verrückt. Wirkt er verletzt? Unterernährt? Unsicher? Was ist es, das dich glauben lässt, dass er gerettet werden muss oder dass es etwas gibt, worüber du dir Sorgen machen solltest?«, fragte Michael.

Morgan dachte angestrengt über den Jungen nach. Sie hatte nicht wirklich so genau hingesehen. Sie konnte sich nicht erinnern, ob er ängstlich oder unsicher gewirkt hatte. Er hatte ein gesundes Gesicht, nicht übermäßig dünn. Abgesehen von seinem Aussehen blieb in ihrem Gedächtnis nur sein seltsames, unbewegliches Verhalten hängen. Sein Starren. *Meine Güte*, er war gut aussehend.

»Du hast vielleicht recht«, seufzte Morgan und gab sich geschlagen.

»Hör zu, ich kann sehen, dass er dir wichtig ist. Ich habe das immer an dir bewundert. Deshalb sind wir so gute Freunde. Du hast ein so großes Herz. Behalte ihn im Auge. Wenn du etwas Auffälliges siehst oder wenn er versucht, um Hilfe zu bitten, sprich mit deiner Mutter. Bis dahin mach dir nicht so viele Sorgen.«

26

MIT MICHAELS WORTEN im Hinterkopf beschloss Morgan, das Haus für den Rest der Woche von ihrem Fenster aus zu beobachten. Sie nahm ein Reservenotizbuch heraus und begann, ein Protokoll zu führen. Zuerst notierte sie, wann Natalia und Lucas das Haus verließen und heimkamen. Als Nächstes notierte sie, wann sie jemanden das Haus verlassen oder betreten sah und zu welchen Zeiten der Junge im Fenster erschien.

In der ersten Nacht beobachtete sie ihn aus der Ferne, tat so, als würde sie nicht hinschauen, und erledigte weiterhin ihre Hausaufgaben und andere Tätigkeiten in ihrem Zimmer. Jedes Mal, wenn sie etwas Neues tat, notierte sie die Uhrzeit, die Tätigkeit und ob der Junge sich bewegte, was er anscheinend nie tat.

In der zweiten Nacht fertigte sie große Schilder an, die sie in ihrem Fenster aufhängte. Auf dem ersten stand »Hallo«, aber der Junge reagierte nicht. Das nächste Schild fragte, ob er Englisch spreche, aber es gab keine Reaktion. Frustration begann sich in ihrem Magen zu sammeln. Sie versuchte, nach seinem Wohlbefinden zu sehen, und nicht ein einziges Mal hatte er reagiert.

Junge im Fenster hat nicht auf meine Schilder reagiert. Kann er lesen? Ist er blind? Warum bewegt er sich nicht? Er verhält sich wie eine Statue und starrt durch mich hindurch. Was geht in Sophies altem Haus vor? Werde ich verrückt? Was, wenn er eine Statue ist? Wenn ja, sehr realistisch. Könnte es ein Abschreckungsmittel gegen Einbrecher sein, wenn Natalia und Lucas nicht zu Hause sind?

Morgan schrieb immer mehr. In der dritten Nacht versuchte sie es erneut mit weiteren Schildern.

Wie geht es dir?

Kannst du zurückschreiben?

Bist du sicher?

Mein Name ist Morgan.

Müde davon, keine Antwort zu bekommen, und vom Schlafmangel erschöpft, schloss Morgan die Vorhänge und ging zu Bett.

Am vierten Tag notierte sie, wie an jedem Morgen seit Beginn ihrer Beobachtungen, den Moment, als sie aufwachte, das Wetter, als sie nachsah, ob der Junge da war, und was sie tat. Jeden Morgen war er verschwunden. Morgan schaute mehrmals aus ihrem Fenster, bevor sie zur Schule ging, aber der Junge schien nie nach Sonnenaufgang anwesend zu sein.

»Wie läuft die Überwachung?« fragte Michael beim Mittagessen am fünften Tag.

»Nichts Neues zu berichten. Schau«, Morgan schob ihr Notizbuch über den Tisch.

Michael überflog Seite für Seite, seine Augen wurden immer

größer. Schließlich schloss er das Buch, schob es zurück und sah Morgan besorgt an.

»Morgan, das ist verrückt. Du wirst besessen – das ist zu viel.«

»Was würdest du tun?« fragte Morgan.

»Ha! Wahrscheinlich dasselbe«, gab Michael zu.

Er zog das Notizbuch wieder zu sich und sah sich ihre Notizen an. Nickend überflog er Seite für Seite.

»Warum hast du keine Fotos gemacht? Jeder gute Detektiv würde auch Beweisfotos sammeln.«

»Das würde zu weit gehen. Ich bin ziemlich sicher, dass das gegen irgendein Gesetz verstoßen würde.«

Morgan lachte, obwohl sie es für eine gute Idee hielt.

»Stimmt.«

GEGEN ENDE der Woche beschloss Morgan, einfach nur zuzusehen. Mit erledigten Hausaufgaben und ohne Pläne für das Wochenende schlich sie nach unten und holte einige Snacks und eine Thermoskanne mit heißer Schokolade. Sie wickelte sich in die Banddecke und setzte sich an ihr Fenster, die Statue des Jungen beobachtend. Er trug immer die gleichen Kleider, hatte die gleiche Position und stand im gleichen Fenster. In den frühen Morgenstunden wurde Morgan aufgeregt, als sie endlich bemerkte, dass der Junge einmal blinzelte. Sie kritzelte Notizen darüber und setzte sich mit einem plötzlichen Energieschub aufrecht und aufmerksam hin.

Junge im Fenster hat geblinzelt. Er ist definitiv keine Statue. Es war dumm von mir, das zu denken. Es ist jetzt drei Uhr fünfundvierzig, und er hat sich kein einziges Mal bewegt. Er trägt die gleiche Kleidung wie in der ersten Nacht. Er scheint nicht in Not oder verletzt zu sein; nicht einmal seine Kleidung ist schmutzig. Sein Teint ist klar, und er scheint gut ernährt zu sein, mit durchschnittlichem Gewicht. Er zeigt keine Anzeichen von Stress oder Angst. Alles scheint relativ normal zu sein. Warum verstecken sie ihn also?

Gelangweilt und mit schweren Augen zog Morgan ihren Laptop auf ihr Knie und öffnete Google. Sie tippte die Beschreibung des Jungen ein und suchte, aber ihre Beschreibung war nicht spezifisch genug und brachte nur allgemeine Bilder. Mit einem anderen Ansatz suchte sie nach Artikeln über einen Jungen, der weggelaufen und gefunden worden war. Wieder stimmte nichts mit dem Jungen im Fenster überein. Schließlich versuchte sie es mit Artikeln über einen gefährlichen Jungen, um einen Grund zu finden, warum seine Eltern ihn versteckt halten könnten, aber auch hier fand sie nichts. Morgans Augen wurden zu schwer, als die Sonne aufging, und sie schlief ein.

Als sie aufwachte, eilte sie zu ihrem Fenster und stellte fest, dass der Junge verschwunden war.

Verdammt! dachte sie. *Ich wollte nachverfolgen, wann er das Fenster verlässt. Ich muss es morgen wieder versuchen.*

Morgan wusste, dass sie nicht noch eine Nacht am Stück wach bleiben konnte, nicht wenn das Wochenende zu Ende ging und die Schule bevorstand. Stattdessen stellte sie den Wecker so, dass er sie eine Stunde vor Sonnenaufgang weckte. Als sie um fünf Uhr morgens aufwachte, war sie erfreut zu sehen, dass der Junge da war. Sie wollte nicht verpassen, wie er das Fenster verließ. Sie hoffte, wenn sie ihn beim Verlassen des Fensters beobachten könnte, würde sie vielleicht einige Antworten bekommen. Was war noch in dem Raum? Kamen seine Eltern, um ihn abzuholen? Aber bevor sie die Antworten bekommen konnte, die sie sich wünschte, schlief sie wieder ein und wachte auf, um festzustellen, dass der Junge verschwunden war.

Oh, komm schon, das ist verrückt. Spielt er Spielchen mit mir? dachte Morgan.

Frustriert gab sie auf, drehte sich um und schlief weiter.

27

»MORGAN, steh auf. Es ist fast Mittag. Was ist los mit dir, dass du so lange schläfst?« Morgans Mutter weckte sie am Sonntagmorgen.

»Was? Mittag? Wow, tut mir leid, Mama«, gähnte Morgan, streckte ihre Muskeln und kletterte aus dem Bett.

»Ist alles in Ordnung?«

»Sicher«, lächelte Morgan.

»Ich muss heute ein paar Besorgungen machen, bevor ich mein Projekt für die Arbeit fertigstelle. Hast du Lust, mitzukommen? Vielleicht lege ich auf dem Heimweg sogar einen Zwischenstopp für eine kleine Leckerei ein.«

»Klar, klingt gut«, lächelte Morgan glücklich über die Ablenkung.

Morgan wartete, bis ihre Mutter ihr Zimmer verlassen hatte, bevor sie erneut das Fenster überprüfte. Der Junge war definitiv verschwunden. Nachdem Morgan fertig war, ging sie nach unten und aß mit ihrer Mutter ein gesundes Mittagessen, bevor sie losfuhren. Während ihre Mutter einen Anruf von ihrem Chef entgegennahm, trat Morgan näher an das Haus auf der anderen

Straßenseite heran, wieder fixiert auf das Fenster im dritten Stock. Das betreffende Zimmer war einmal Sophies Schlafzimmer gewesen. Sie fragte sich, was jetzt damit gemacht worden war. War es das Schlafzimmer des Jungen? War es sein Gefängnis? Oder hatten sie es einfach leer gelassen, um ihn jeden Tag dort zu platzieren – als wäre das Zimmer ein Lagercontainer?

»Morgan!«, rief ihre Mutter und riss Morgan zurück in die Realität.

»Entschuldigung«, zwitscherte Morgan, während sie zum Auto zurückhüpfte.

»Was ist in letzter Zeit los mit dir? Du bist ständig abgelenkt und fixiert auf dieses Haus.«

»Es ist nichts. Ich vermisse nur Sophie und unsere Erinnerungen in diesem Haus«, log Morgan und lenkte vom eigentlichen Thema ab.

»Ich weiß, mein Schatz, aber es wird leichter werden, das verspreche ich.«

Morgan und ihre Mutter verbrachten den Tag mit dem Einkauf von Lebensmitteln, der Auswahl neuer Vorhänge für das Wohnzimmer und einigen anderen Aufgaben, um die sich ihre Mutter kümmern musste. Nach ihrem Einkaufstag gingen Morgan und ihre Mutter ins Nagelstudio und beendeten ihren Tag mit einem Kaffee bei Starbucks.

»Danke für heute, Mama, es hat Spaß gemacht«, lächelte Morgan.

»Jederzeit, mein Liebling.«

Als sie nach Hause kamen, half Morgan ihrer Mutter, die Einkäufe auszupacken, und begann mit ihren Hausarbeiten. Sie lachten, scherzten und tanzten zur Musik im Radio, genossen die Gesellschaft des anderen. Es war eine willkommene Ablenkung für Morgan.

»Wo ist deine Sporthose? Ich will gleich Wäsche waschen«, fragte ihre Mutter.

»Die ist in meiner Tasche in der Küche«, antwortete Morgan, während sie den Couchtisch abwischte. Die Reflexion darin war wie ein dunkler Spiegel.

Einige Minuten später erschien Morgans Mutter in der Türöffnung und hielt Morgans Notizbuch in der Hand. Ihr Gesicht war von Sorge gezeichnet.

»Morgan? Was ist das? Verfolgst du unsere Nachbarn? Und was soll das mit einem entführten Jungen?«

Morgan drehte sich um, und ihr Kiefer fiel herunter, ihre Augen auf das Notizbuch fixiert.

»Mama, du liest meine Sachen?«, schrie Morgan, rannte quer durch den Raum und riss das Notizbuch aus den Händen ihrer Mutter.

»Es fiel aus deiner Tasche, und ich war besorgt. Morgan, was ist los?«

Morgan stand schweigend da, unsicher, ob sie ihrer Mutter die Wahrheit sagen sollte, die mit verschränkten Armen im Türrahmen stand und wartete. Der Ausdruck auf ihrem Gesicht, den Morgan gut kannte, sagte: ‚Ich bewege mich nicht, bis du mir die Wahrheit sagst.'

Seufzend nahm Morgan die Hand ihrer Mutter und führte sie zur Couch. Sie erklärte, was am Tag, als die neue Familie eingezogen war, passiert war und ihre Bedenken bezüglich des Jungen am Fenster. Morgan erklärte ihre Notizen Seite für Seite und ihre Befürchtungen, dass Natalia und Lucas nicht die waren, für die sie sich ausgaben.

»Morgan, das meinst du doch nicht ernst?«

»Doch, Mama. Ich mache mir wirklich Sorgen. Wenn sie jemanden in ihrem Haus gefangen halten, wer weiß, in welcher Gefahr wir schweben.«

»Hör zu, ich weiß, dass Sophies Weggang schwer für dich war...«

»Mama! Ich erfinde das nicht!«, schnappte Morgan.

Morgan schaute auf ihre Uhr; es war fast Zeit fürs Abendessen. Sie wusste, wie verrückt ihre Theorie für jeden klingen könnte, der den Jungen nicht gesehen hatte. Selbst ihr bester Freund Michael hatte Schwierigkeiten, ihr zu glauben. Der einzige Weg, wie sie ihre Mutter davon überzeugen konnte, dass sie nicht verrückt war, war, es ihr zu zeigen. Sie nahm die Hand ihrer Mutter und zog sie auf die Füße.

»Morgan!«

»Komm, Mama. Ich zeige es dir, dann *musst* du mir glauben.«

Widerwillig folgte ihre Mutter Morgan in ihr Zimmer. Morgan zog ihre Vorhänge weit auf und zeigte auf Sophies altes Schlafzimmer.

»Siehst du, schau!«

Ihre Mutter trat näher und starrte, untersuchte jedes Fenster im Haus.

»Du bist albern. Du solltest aufhören, vor dem Schlafengehen Geistervideos auf YouTube anzuschauen«, lachte ihre Mutter.

»Was?« Morgan schaute und zu ihrer Überraschung war das Fenster leer.

Der Junge war nirgendwo zu sehen, obwohl sie ihn dort jeden Abend in der letzten Woche um diese Zeit gesehen hatte. Warum war er weg, wenn sie ihn brauchte? Ein Gefühl der Übelkeit stieg ihr in die Kehle; sie schluckte einen Atemzug, nervös jetzt.

»Mama, ich verspreche, er war da. Aber warte, er wird auftauchen.«

»Morgan, ich muss das Abendessen zubereiten und ein Projekt für meinen Termin morgen fertig stellen. Wirklich, Liebling, du bist viel zu alt für diese kindischen Spiele!«

»Es ist kein Spiel. Ich sage die Wahrheit«, beharrte Morgan.

»Weißt du, ich wollte eigentlich nichts sagen, aber ich bekam am Freitag einen Anruf von deiner Lehrerin. Sie sagte, du warst die ganze Woche abgelenkt. Wenn du so viel Mühe in deine Schularbeiten stecken würdest, würde ich vielleicht nicht schon in der *ersten Schulwoche* Anrufe mit Bedenken bekommen«, sagte Morgans Mutter, eindeutig verärgert. »Ich rufe dich, wenn das Essen fertig ist.«

Morgan saß auf ihrem Bett und fühlte sich niedergeschlagen. Es war lange her, dass ihre Mutter sie so angefahren hatte. Sie fürchtete, sie hätte ihre Mutter enttäuscht, besonders wegen der Schule. Hatte sie das Ganze nur geträumt? Vermisste sie einfach ihre beste Freundin? Wieder fragte sie sich, ob sie verrückt wurde.

Morgan saß da und beobachtete das Fenster, aber der Junge zeigte sich nie. Schließlich, nachdem sie entschieden hatte, dass sie unter zu viel Stress stand, ging Morgan nach unten, um fernzusehen, während ihre Mutter das Abendessen kochte.

Morgan und ihre Mutter sprachen nicht während des Essens, Morgan war zu verlegen, um zu reden, und ihre Mutter tippte zwischen den Bissen auf ihrem Laptop. Als das Essen beendet war, ließ Morgan ihre Mutter an ihrem Projekt weiterarbeiten, während sie aufräumte und das Geschirr in die Spülmaschine stellte.

»Ich gehe ins Bett«, sagte Morgan und küsste ihre Mutter auf die Wange.

»Was? Es ist erst halb sieben«, sagte ihre Mutter überrascht.

»Ich bin müde, und ich habe morgen Schule«, sagte Morgan.

»Morgan. Ich wollte dich vorhin nicht so anfahren. Ich bin nur besorgt. Dieses Verhalten passt nicht zu dir. Ich bin deine Mutter und will nur sicherstellen, dass es dir gut geht.«

»Ich weiß, Mama. Gute Nacht«, lächelte Morgan.

Morgan ging in ihr Schlafzimmer, bereitete ihre Schultasche vor und legte ihre Kleidung für den nächsten Tag bereit. Dann schickte sie eine schnelle SMS an Michael und eine an Sophie und kletterte ins Bett. Als sie sich streckte, um die Vorhänge zu schließen, sah sie ihn. Keuchend erstarrte sie. Der Junge war zurück. Sie war nicht verrückt und hatte es sich nicht eingebildet.

»Ich werde herausfinden, was in diesem Haus passiert. Wart's nur ab«, sagte Morgan, schloss die Vorhänge und glitt langsam in den Schlaf. Sie träumte von dem Raum zwischen ihren beiden Fenstern und wie windig es dort war. Der Wind nahm immer mehr zu. Er trug Flüstern mit sich. Und plötzlich hingen viele trübe Augen dort im Dunkeln, direkt außerhalb ihres Vorhangs. Sie griffen nach ihr.

28

»Um ehrlich zu sein, Morgan, ich hatte nicht erwartet, dass deine Mutter dir glauben würde. Also sei nicht böse, aber auch ich dachte anfangs, du spinnst«, sagte Michael, nachdem Morgan ihm die Ereignisse des Vorabends erklärt hatte.

»Danke, Kumpel«, lachte Morgan.

»Ich kenne dieses Lachen; du planst etwas, oder?«

Morgan nickte. Sie zog ihren Notizblock aus ihrer Tasche und zeigte ihm die Seite, die sie während der Busfahrt zur Schule vorbereitet hatte. Michael überflog die Notizen, die Zeiten und die Fragen, die Morgan notiert hatte.

»Was denn? Planst du einen Einbruch?«, scherzte Michael.

»Nein, natürlich nicht. Ich werde das Haus beobachten, alles über Natalias und Lucas Routine herausfinden und dann rübergehen und mich vorstellen. Ich werde die perfekte Nachbarin sein und sie dazu bringen, mich einzuladen. Dann werde ich mich umsehen. Ich werde herausfinden, was in diesem Haus vor sich geht, und dann können *du* und meine *Mutter* aufhören zu denken, ich sei verrückt.« Sie betonte das letzte Wort weniger stark, ihre Lippen verzogen sich dabei.

»Na, bisher machst du das großartig«, neckte Michael.

Den Rest der Woche beobachtete Morgan das Haus so genau wie möglich, ohne dass ihre Mutter misstrauisch wurde. Als Natalia schließlich zum Trinken kam, versuchte Morgan, sich zu setzen und am Gespräch teilzunehmen, aber ihre Mutter sagte ihr, sie solle sie in Ruhe lassen. Sie führten ein 'Erwachsenenge-spräch', sagte sie. Aber Morgan ließ sich nicht so leicht abschre-cken und versteckte sich vor der Wintergartentür, lauschte und notierte alles über Natalias Leben und ihren täglichen Ablauf.

»Hatten du und Natalia einen schönen Abend?«, fragte Morgan am nächsten Morgen beim Frühstück.

»Ja, hatten wir. Ich glaube, ich habe eine neue Freundin gefun-den«, antwortete ihre Mutter.

»Das ist schön. Sie scheint ziemlich cool zu sein. Es sieht so aus, als würden sie getrennte Leben führen. Sie kommen und gehen zu so seltsamen Zeiten, immer in Eile. Das muss einsam für sie sein. Sie könnte eine Freundin wie dich gebrauchen«, sagte Morgan.

»Nicht wirklich. Ja, sie haben ihre eigenen Jobs, aber Natalia sagte, wenn sie zu Hause sind, verbringen sie viel Zeit miteinan-der.« Morgan konnte das nicht bestätigen; sie wechselte das Thema. »Habt ihr viel gemeinsam? Was macht sie zum Beispiel in ihrer Freizeit?«

Morgans Mutter beäugte sie misstrauisch, entschied sich aber trotzdem, ihre Fragen zu beantworten.

»Sie liest gerne, mag Filme und sie näht. Diesen wunder-schönen Anzug, den sie neulich trug, hat sie selbst gemacht. So talentiert. Ich wünschte, ich könnte das auch. Sie kann auch häkeln.«

»Hat sie über Luca gesprochen? Ich habe das Gefühl, ich weiß eine Menge über sie, aber nicht viel über ihn. Er scheint ziemlich cool zu sein. Er hat mich an einigen Morgen gegrüßt, als ich auf dem Weg zum Schulbus war.«

»Was soll die Fragerei? Ich fühle mich wie bei einem Verhör«, spottete ihre Mutter.

Morgan verstummte. Sie hatte sich nicht auf Gegenfragen vorbereitet. Welche Ausrede könnte sie vorbringen? Es war ja nicht so, als könnte sie ihrer Mutter erzählen, was sie vorhatte.

»Ich bin einfach so traurig, seit Sophie weg ist, und du hast mir gezeigt, dass ich letzte Woche nicht gut damit umgegangen bin. Du bist so eine gute Nachbarin; lernst alle kennen, ich hätte auch gerne die Chance dazu«, antwortete Morgan und dachte schnell nach.

»Nun, das ist schön, Liebes. Ich habe dir immer die Wichtigkeit einer guten Nachbarschaft erklärt«, lächelte ihre Mutter stolz.

»Ich dachte daran, Kekse zu backen und sie rüberzubringen, um mich vorzustellen. Glaubst du, das wäre in Ordnung?«

»Ich denke, das ist eine wunderbare Idee. Wie wäre es, wenn wir sie zusammen backen, wenn du heute von der Schule nach Hause kommst, und du kannst sie dann morgen nach der Schule rüberbringen?«

»Das würde mir gefallen«, antwortete Morgan.

»Ich denke immer noch, du spinnst«, lachte Michael. Er trank wieder Milch. Die Farbe der Pint-Packung war anders, aber Morgan konnte nicht genau sagen wie.

»Dann komm morgen mit mir mit. Meiner Mutter macht das nichts aus«, sagte sie.

»Ha! Nein danke, ich will nichts mit dieser Farce zu tun haben. Tut mir leid, Kleine, aber bei dieser Sache bist du auf dich allein gestellt.« Ihre Mutter nannte sie manchmal auch *Kleine*. Sie schob diesen Gedanken beiseite.

Der Rest des Schultags schien sich zu ziehen. Morgan konnte ihren Blick nicht von der Uhr abwenden, aber Uhrenwatching ließ die Zeit immer langsamer vergehen. Während sie die Stunden, Minuten und Sekunden bis zu ihrer Heimkehr herunterzählte, spielte Morgan mit ihren Stiften, wippte mit dem Bein und rannte am Ende des Tages zum Schulbus.

Um die Fassade der besten Nachbarin aufrechtzuerhalten, backte Morgan die Kekse mit ihrer Mutter, als sie nach Hause kam, und bestand darauf, sie noch ofenwarm hinüberzubringen.

»Himmel, nein, es ist dunkel draußen und spät. Geh ins Bett. Du kannst morgen hingehen, wenn du aus der Schule zurück bist«, argumentierte ihre Mutter.

In dieser Nacht schlief Morgan ein, während sie den Jungen beobachtete. Seine Augen bewegten sich nicht, zwei Steine in einer Höhle. Sie schlief in dieser Nacht etwas besser, wissend, dass sie einen Schritt näher daran war, endlich die Antworten zu bekommen, die sie seit fast zwei Wochen verfolgten.

ENDLICH WAR ES SO WEIT. Als Morgan von der Schule nach Hause kam, rannte sie aufgeregt hinein und schnappte sich den dekorativen Korb mit Keksen, den ihre Mutter auf der Küchentheke gelassen hatte. Nach Morgans Beobachtungen war Natalias und Lucas Routine schwer zu durchschauen. Manchmal kamen sie erst spät am Abend nach Hause. Andere Male waren sie schon da, bevor Morgan aus der Schule zurückkam. Morgan hoffte, dass an diesem Tag jemand zu Hause war.

Morgans Hände zitterten, und ihr Herz raste mit jedem Schritt, der sie näher an die Haustür brachte. Irgendetwas am Haus schien anders. Für Morgan hatte das Haus ein düstereres, unheilvolleres Gefühl. Die Giebel bebten im Wind, und jede Kante des Daches gab dicken, drohenden Wolken nach. Sie sah das Fenster des Jungen und schaute sofort weg.

Vor der Tür stehend atmete Morgan mehrmals tief und langsam ein, bevor sie eine zitternde Hand hob und sanft an die Tür klopfte. Einige Momente vergingen ohne Antwort. Morgan klopfte erneut, diesmal etwas lauter, aber niemand antwortete.

Morgan ging um die Seite des Hauses, wo normalerweise das Auto geparkt war. Sie wusste nicht, warum sie nicht zuerst dort nachgesehen hatte. Keine Autos, keine Antwort. Niemand war zu Hause.

So nah und doch so fern davon, endlich Antworten zu haben, spürte Morgan ein sinkendes Gefühl in ihrem Magen. Sie wollte nicht mehr viel länger warten. Sie war so weit gekommen, zu weit, um jetzt aufzugeben. Ihre Hand fuhr in ihr Haar, um einige Strähnen zu kräuseln, dann ließ sie die Hand wieder sinken. Sie dachte einen Moment über Angst nach.

»Ich gehe nicht, bis ich Antworten habe«, sagte Morgan zum Haus. Der Wind fegte über sie hinweg, und das Gebäude ächzte als Antwort. Seine Fenster klapperten leicht.

Sie wusste nicht wie und es war ihr auch egal, aber sie würde hineinkommen.

29

MORGAN STELLTE den Kekskorb auf die Türschwelle und vergewisserte sich, dass niemand auf der Straße war, der sie beobachtete. Als die Luft rein war, suchte Morgan an allen üblichen Stellen nach einem Ersatzschlüssel. Leider hatten Sophies Eltern viele ausgefallene Verstecke für den Schlüssel. Unter der Fußmatte, im Blumentopf, oben auf dem Türrahmen und in den Blumenbeeten. Morgan suchte überall, aber die neuen Nachbarn hatten den Schlüssel entweder an einem neuen Ort versteckt oder gar keinen hinterlassen. Im Nachhinein war das wahrscheinlich besser so, wenn man bedenkt, dass Morgan vorhatte, sich selbst hereinzulassen.

Dann kam ihr ein Gedanke. Hineinzukommen war eine Sache, aber was, wenn das neue Paar eine Alarmanlage hatte? Die Polizei wäre in Minuten am Haus, und alle Nachbarn würden sicherlich herauslaufen und sie erwischen. Also musste sie schlau vorgehen. Sie wusste, dass in ihrem eigenen Haus eine Alarmanlage installiert worden war, also prüfte sie die Leitungen rund um das Haus und spähte durch jedes Fenster, das sie erreichen konnte. Glücklicherweise hatten die neuen Besitzer noch keine Alarmanlage installieren lassen, was Morgan entschlossener denn je machte, ins Haus zu gelangen.

Morgan lief um das Haus herum, überprüfte alle Fenster und die Hintertür und scannte erneut ihre Umgebung. Das Haus war abgeschlossen und gesichert, aber Morgan gab nicht ohne Kampf auf. Sie zog eine Haarnadel aus ihrem Haar und versuchte, das Schloss der Hintertür aufzuknacken, aber alles, was sie erreichte, war, die Nadel zu verbiegen und noch frustrierter zu werden.

Ich frage mich, dachte Morgan. Der Moment lag vor ihr ausgebreitet.

Morgan erinnerte sich, dass Sophie, als sie im Haus gegenüber wohnte, einen Schlüssel für das Schloss zum Keller versteckt hatte. An der Rückseite des Hauses neben der Veranda befanden sich zwei große Holztüren, die zum Keller unter dem Haus führten. Morgan freute sich zu sehen, dass Sophies Familie die alte Kette und das Vorhängeschloss zurückgelassen hatte.

Ich schätze, sie konnten keinen Schlüssel für das Schloss finden. Zum Glück weiß ich, wo er ist, zwitscherte Morgan vor sich hin.

Sie ging zum Baum und suchte zwischen den Steinen am Fuße des Baumes. In der Mitte lag ein kleiner Plastikstein mit einem falschen Boden. Darin befand sich der Schlüssel für das Vorhängeschloss. Sophie hatte den Schlüssel versteckt, um ihr zu helfen, sich ins Haus zu schleichen und es zu verlassen, wenn sie Hausarrest hatte. Morgan konnte nie herausfinden, wie Sophie so lange damit durchgekommen war.

Morgan schaute auf ihre Uhr und wusste, dass sie schnell sein musste. Natalia oder Lucas könnten jederzeit nach Hause kommen. Also drehte sie den Schlüssel im Schloss, riss die Ketten ab und schlich hinein, wobei sie vorsichtig die Tür hinter sich schloss.

Der Keller war genauso dunkel, wie sie ihn in Erinnerung

hatte; der Lichtschalter befand sich oben an der Treppe zur Küche und ein weiterer beim Wäschetrockner am Fuße der Treppe. Vorsichtig, um nicht zu stolpern und zu fallen, betrat Morgan den Keller, in völliger Dunkelheit. Der Wind atmete draußen schwer. Als sie am Fuße der Treppe ankam, rief sie in ihrem Kopf eine innere Karte des Kellers ab. Sie stieß ihre Hüfte an den Wäschetrockner, zwei Schritte nach links. Sie griff nach oben, zog an der Schnur, und der Keller wurde erleuchtet.

Alles sah anders aus. Der Wäschetrockner und die Waschmaschine standen genau dort, wo Sophie und ihre Eltern ihre hatten, und der Heizkessel an der hinteren Wand war immer noch genauso knackend und unheimlich. Das alte Regal, in dem Sophies Vater einst seine Werkzeuge aufbewahrte, war verschwunden, ersetzt durch ein graues Zelt mit Reißverschluss an der Rückseite. Neugierig zog Morgan das Zelt auf und spähte hinein. Lucas hatte eine kleine Dunkelkammer eingerichtet, um seine Abzüge zu entwickeln. Vorsichtig, um nicht zu viel Licht hereinzulassen, schlich Morgan wieder hinaus und bahnte sich ihren Weg durch das Labyrinth unausgepackter Kisten zur Treppe, die in die Küche führte.

Sie betrat die Küche und sah, dass alles gleich war, mit Ausnahme der schicken neuen Espressomaschine auf der Arbeitsplatte neben dem Kühlschrank und den schwarz-silbernen Jalousien über den Fenstern. Das Silber der Jalousien hatte einen matten Glanz, während das Schwarz wie Linien der Leere über die Fläche der Fensterrahmen wirkte.

Im Esszimmer war alles ultra-hip und modern. Schwarze und Chrom-Töne mit silbernen Samt-Vorhängen von der Decke bis zum Boden wurden mit gedrehten weißen Seilen zurückgehalten. Wie *Gothic*, dachte sie. Sie hatte eine vage Vorstellung von dem Thema. Michael hatte einmal behauptet, er sei Gothic, trug aber normale Kleidung.

Morgan durchsuchte das Erdgeschoss nach Anzeichen für den Jungen vom Fenster. Im Wohnzimmer hing über dem Kamin ein riesiges Leinwandgemälde von Lucas und Natalia von ihrem Hochzeitstag. Es war wunderschön. Alle anderen Bilder im Haus waren gleich; Lucas und Natalia, aber kein Kind, alle mit einem zentralen Fokus, in die Kamera blickend, stehend und sitzend. Das Einzige im Wohnzimmer, was einem Kind in Morgans Alter hätte gehören können, war eine Spielkonsole, aber Morgan folgerte, dass sie auch Lucas gehören könnte; er sah schließlich aus wie ein Gamer: etwas nerdig, trug eine Brille und war immer stylish, ein Künstler.

Morgan ging nach oben, überprüfte das Hauptschlafzimmer und die beiden Gästezimmer. Ein Zimmer war in ein Büro umgewandelt worden; an den Stapeln von Hochzeitsmaterialien war klar zu erkennen, dass das Büro Natalia gehörte. Das andere Gästezimmer war in einen Nähraum umgewandelt worden, mit einer Schneiderpuppe, die in elektrisch-blaue Seide gehüllt war, und einem teilweise angesteckten Cocktailkleid an der Vorderseite.

Morgan wusste, dass der dritte Stock aus zwei Räumen bestand. Der Raum auf der Rückseite des Hauses hatte eine eingeschränkte Sicht dank des großen Baums im Garten, und das Schlafzimmer an der Vorderseite war Sophies altes Zimmer – das Zimmer, in das Morgan gelangen musste. Als Morgan die Treppe hinaufging, raste ihr Herz, und ihr Mund wurde trocken. Sie könnte in wenigen Minuten dem Jungen vom Fenster begegnen. Sie hatte ein bisschen Angst, war aber auch aufgeregt, ihre Hände verkrampften sich leicht.

Was werde ich sagen? Was, wenn er gefährlich ist? Und wie kann ich uns beide hier rausholen? dachte Morgan, als sie vor der großen Holztür stand.

30

MORGAN GRIFF nach dem riesigen goldenen Türgriff, aber sie war zu nervös, um die Tür zu öffnen. Ein plötzliches Gefühl der Unruhe überkam sie. Eine Stimme in ihr riet ihr wegzurennen und nie zurückzublicken, notfalls ein Flurfenster aufzureißen und hinauszuklettern.

Ich kann jetzt nicht aufgeben. Ich bin zu weit gekommen. Mach einfach die Tür auf, diskutierte Morgan mit sich selbst.

Morgan drehte sich um und beschloss, dass sie, nachdem sie jeden anderen Raum im Haus durchsucht hatte, zumindest noch das hintere Schlafzimmer überprüfen sollte. Morgan bewunderte das einzige Gästezimmer, das in Weiß und zartem Rosa gehalten war, mit Rosen, die die Tagesdecke und den silbernen Spiegel auf der Kommode zierten. Sie erinnerte sich an das Bild der Frau mit dem Blumenstrauß auf dem Hochzeitsfoto: ähnliche Farben.

Da es nirgendwo anders mehr hinzugehen gab, wusste Morgan, dass es jetzt oder nie sein musste. Sie musste schnell sehen, was sich in Sophies altem Zimmer befand. Die neuen

Besitzer würden sicherlich jeden Moment nach Hause kommen. Sie ging über den Flur zur Tür, holte tief Luft und öffnete sie endlich.

Zu ihrer Überraschung war der Raum leer, abgesehen von ein paar leeren Umzugskartons. Als sie sich umsah, seufzte Morgan und ließ ihre Schultern hängen. Wie konnte das sein? Sie hatte über zwei Wochen damit verbracht, diesen Jungen zu beobachten. Wie konnte er nicht hier sein? Niemand hatte das Haus verlassen, seit sie es betreten hatte; wohin war er gegangen? Hatten Michael und ihre Mutter Recht? Hatte sie sich alles nur eingebildet, um mit Sophies Verschwinden fertig zu werden?

Nun, ich schätze, es ist alles vorbei, dachte sie.

Als sie zum Fenster ging, untersuchte Sophie es. Ein sehr schwacher Handabdruck war noch auf dem Glas zu sehen. Als sie ihre Hand dagegen legte, stellte sie fest, dass ihre Hand perfekt in den Abdruck passte. Als ihre Hand das kalte Glas berührte, knallte die Tür hinter ihr zu, sodass Morgan erschrocken aufschrie.

Sophie hatte gesagt, dass diese Tür einen eigenen Willen hatte; Morgan lachte, um ihren rasenden Herzschlag zu beruhigen. Das Scharnier musste locker sein.

Morgan starrte aus dem Fenster und betrachtete die Straße unter ihr. Selbst als sie bei Sophie zu Besuch war, hatte sie nie die Aussicht von der anderen Straßenseite aus genossen. Zuerst konnte sie das Haus der Robinsons drei Türen weiter und ihren neuen weißen Rosenstrauch sehen. Als nächstes sah sie das Haus der Greens, mit den Spielsachen der Zwillinge, die immer noch den Vorgarten über-säten, und sogar das Haus neben ihrem, das den Montanas gehörte, makellos wie immer. Als ihr Blick dann zu ihrem eigenen Haus wanderte, sah sie das Auto ihrer Mutter in der Einfahrt; sie musste gerade von der Arbeit nach Hause gekommen sein!

Ich sollte mich besser beeilen, bevor Mama merkt, dass ich nicht zu Hause bin, dachte Morgan.

Morgans Blick wanderte zu ihrem Schlafzimmerfenster, und sie erstarrte. Die Luft um sie herum fühlte sich an, als würde sie gefrieren, und ihr Puls raste. Der Junge vom Fenster saß in ihrem Zimmer, über ihren Schreibtisch gebeugt, anscheinend bei den Hausaufgaben.

»Was zum Teufel?«, rief Morgan.

Morgan geriet in Panik, als sie sah, wie ihre Mutter mit einer Tasse Kakao das Zimmer betrat. Sie beobachtete, wie ihre Mutter die Tasse auf den Schreibtisch stellte und den Jungen um die Schulter umarmte.

»Mama!«, schrie Morgan, Tränen stiegen ihr in die Augen, brannten und stachen. Sie wischte sie mit dem Ellbogen weg.

Was war das!?, dachte sie. Wie konnte ihre Mutter den Jungen umarmen? Merkte sie nicht, dass er nicht ihre Tochter Morgan war? Dann sah der Junge zu ihrer Mutter auf, und die beiden tauschten ein Lächeln und Worte aus. Morgans Ohren begannen zu klingeln. Sie fühlte sich wie unter Wasser. Der Wind draußen wurde viel weniger hörbar.

Morgan klammerte sich an die Fensterbank, um ihr Gleichgewicht zu halten, und zwang sich zu atmen. Ihre Beine waren wie Pudding, während sie beobachtete, wie ihre Mutter den Raum verließ.

»Mama! Mama! Ich bin es nicht! Mama!«, schrie Morgan. Ihre Stimme wurde schnell heiser davon; ihre Ohren knallten, und der Wind kehrte mit voller Wucht zurück.

Als ob er sie hörte oder spürte, dass er beobachtet wurde, hob der Junge zögernd seinen Kopf und scannte den Raum. Dann drehte er langsam seinen Kopf, und seine Augen trafen auf Morgan.

»Hey! Raus aus meinem Zimmer! Wer bist du?«, schrie Morgan und hämmerte mit ihrer Faust gegen das Fenster.

Der Junge ging zum Fenster und winkte schüchtern. Morgan erstarrte, als ob sie sich selbst dabei zusähe, wie sie dasselbe nur Wochen zuvor getan hatte. Zu verängstigt, etwas anderes zu tun, und verwirrt, sah sie, wie die Wolken am Rand des Fensters weggefegt wurden. Alles, was Morgan tun konnte, war, zurückzu-starren. Das Gesicht des Jungen veränderte sich; er sah erschro-cken und verlegen aus. Dann zog er hastig die Vorhänge zu, und Morgan beobachtete, wie der Raum in dem schmalen offenen Spalt dunkel wurde.

»Nein!«, schrie Morgan und hämmerte hart mit den Fäusten gegen das Glas. »Komm zurück!«, schrie Morgan. Das Glas riss, und der Wind kam herein; sie fühlte sich kälter, taub. Aber die Geräusche waren lauter als normal. Der Wind kreischte jetzt; selbst drinnen klang er gefährlich. Dann ließ er plötzlich nach, und Nebel setzte ein.

Morgan rannte zur Tür und versuchte, sie zu öffnen, aber sie war abgeschlossen. Sie versuchte es immer wieder am Knauf und stieß mit der Schulter gegen den Rahmen, aber die Tür bewegte sich nicht. Schließlich schlug sie mit den Fäusten gegen das Holz, bis die Tür wackelte, und schrie um Hilfe. Sie trat so hart wie möglich mit den Füßen gegen die Tür in der Hoffnung, sie aufzu-brechen; nichts, was sie tat, funktionierte. Die Tür war zu dick; massives Eichenholz.

Tränen strömten über ihr Gesicht, als Angst durch sie hindurchjagte und ihr übel wurde. Galle stieg in ihrer Kehle auf, brannte und hinterließ einen säuerlichen Geschmack auf ihrer Zunge. Ein Motorengeräusch summte vor dem Haus. Morgan rannte zum Fenster und sah, wie Natalia vorfuhr, dicht gefolgt von Lucas. Morgan beobachtete, wie sie aus ihren Autos stiegen und sich mit einer Umarmung und einem Kuss begrüßten.

»Hey! Hier oben! Hilfe, ich bin eingeschlossen! Hilfe!«, schrie Morgan.

Egal wie hart sie mit der Faust gegen das Glas schlug oder wie laut sie schrie, das Paar schien sie nicht zu hören. Stattdessen konnte sie ihre gedämpften Stimmen von unten hören. Sie trat und schlug gegen die Tür, sprang auf dem Boden auf und ab, Morgan rief weiter um Hilfe, aber es kam keine. Ihr Fuß war vom Treten verletzt.

Humpelnd lehnte sich Morgan gegen die Tür und kauerte sich auf dem Boden zusammen. Sie zog ihre Knie fest an ihre Brust und begann zu schluchzen. Sie konnte nicht verstehen, warum niemand sie hören konnte. Sie konnte nicht verstehen, wie ihre Mutter nicht bemerkt hatte, dass das Kind, das sie umarmt hatte, nicht ihre Tochter war. Wer war dieser Junge, und was hatte er ihr angetan?

Plötzlich erfüllte ein durchdringendes Kreischen den Raum und jagte Morgan einen eiskalten Schauer über den Rücken. Als Morgan aufschaute, kam ihr Atem dick und schnell. Die Fensterscheibe, auf der sich einst ihr Handabdruck befunden hatte, beschlug. Das Fenster wurde wie eine Tafel, als Linien begannen, sich über das Glas zu formen. Etwas Unsichtbares schrieb darauf, der Ton war ohrenbetäubend, als Worte über den Rissen erschienen, die sie im Glas verursacht hatte.

Morgans Augen weiteten sich, und ihre Körpertemperatur sank, als sie die Worte auf dem Glas anstarrte. Sie konnte ihre Augen nicht abwenden. Spielregeln erschienen und verblassten sofort.

Aktueller Höchststand: 100 Jahre.

»Was zum Teufel bedeutet das?«, schrie Morgan, in der Hoffnung, dass etwas oder jemand antworten würde. Sie erinnerte sich an einen Spruch, den ihre Mutter immer sagte: Sei vorsichtig mit dem, was du dir wünschst. In diesem Moment wusste Morgan,

warum. Angst erfüllte ihre Brust und Hoffnungslosigkeit über-
schwemmte ihre Gedanken, als weitere Worte auf der Fensterscheibe erschienen.

Neuer Spieler. Bereit zu beginnen?

Ende

HEIMGESUCHT

31

ES WAR ein hartes Jahr an der Riverside Junior High gewesen. Um die Stimmung der Schüler zu heben und ihnen etwas zum Freuen zu geben, kündigte die Schule eine Halloween-Feier an. Es war Frau Stuart, die Kunstlehrerin, die die Idee hatte. Und nach vielem Überreden machten die anderen Lehrer mit.

Ein Brief wurde an die Eltern geschickt, in dem um jede mögliche Hilfe gebeten wurde, und es dauerte nicht lange, bis die Schule von hilfsbereiten Eltern überschwemmt wurde: selbstgebackene Leckereien, Dekorationen, Organisation der Veranstaltung, Kostüme – alles, wobei die Schule Hilfe brauchen könnte.

»Leute, habt ihr das gesehen? Die Schule veranstaltet dieses Jahr ein Halloween-Spukhaus«, jubelte Alex und setzte sich zu den anderen Kindern an den Mittagstisch.

»Wirklich? Wie lahm«, meckerte Blake.

»Ich weiß nicht. Es klingt cool. Sie werden die ganze Schule wie ein Spukhaus dekorieren. Jedes Klassenzimmer wird eine andere Gruselattraktion haben, und dann gibt es einen Tanz mit Buffet«, zwitscherte Drew und zog den Flyer aus Alex' Hand.

Blake zuckte mit den Schultern und bot widerwillig ein Lächeln der Niederlage an. »Ich schätze, es könnte Spaß machen.«

»Schau, es ist eine Kostümparty!«, jubelte Avery.

Die Gruppe von Freunden liebte gute Kostümpartys. Als einige der wettbewerbsorientiertesten Kinder in der Schule strebten sie immer danach, die besten und kreativsten Kostüme zu haben, sei es bei Schulfesten oder Kostümparaden.

»Okay, jetzt bin ich interessiert. Als was geht jeder?«, mischte sich Blake ein.

Die Diskussionen begannen. Sie warfen die offensichtlichen Wahlen herum – Killerclown, Zombie, Vampir, Hexe. Dann drehte sich das Gespräch um Filmfiguren und Pioniere aus der Geschichte. Jeder Schüler hatte eine spaßige und lebhafte Persönlichkeit. Sie dachten stets an das Wohl der Menschheit und wie sie die Welt verändern und retten könnten. Sie wollten, dass ihre Kostüme eine Aussage machten und gesehen wurden. Sie wollten ihre Ideen zur Schau stellen, um Menschen zu überzeugen, dass sie gut waren, und um mehr über ihre Themen zu erfahren.

»Ich würde nichts Politisches machen«, sagte ihr Lehrer und warf Avery einen vielsagenden Blick zu. »Ich höre, es wird einen Preis für die besten Kostüme geben. Kategorien sind passend zum generellen Thema, was offensichtlich Halloween ist. Bestes Gruselkostüm, Unerkennbarster Schüler und Einfallsreichstes Kostüm«, fuhr Herr Flanigan fort. Sie schossen weiter Kostümideen hin und her.

Herr Flanigan war der Lieblingslehrer von allen. Er war, was alle als »cool« betrachteten. Er war immer auf dem neuesten Stand bei Social-Media-Trends, Filmen und Musik und gab den Schülern Hinweise zu Dingen, von denen er dachte, dass sie davon profitieren würden – in diesem Fall die Kostümparade.

»Okay«, warf Alex ein. »Dann sollten wir unsere Denkermützen aufsetzen. Wie cool wäre es, wenn wir alle zusammenhängende Kostüme hätten und alle einen Preis gewinnen würden?«, fragte Alex.

»Nun, es gibt vier Kategorien und fünf von euch«, warf Herr Flanigan ein, während er einen roten M&M in seinen Mund steckte.

Die Schüler schauten ihn verwirrt an, zählten ihre Gruppe und wandten sich dann wieder zu ihm.

»Herr Flanigan, wir sind nur vier«, kicherte Avery.

»Nein, ein neuer Schüler ist gerade in die Stadt gezogen. Ein etwas seltsamer Charakter, aber ich denke, er wird gut in diese Gruppe passen. Ihr Jungs wart in der Vergangenheit immer so einladend«, lächelte Herr Flanigan.

»Sicher, Herr Flanigan. Wann fängt er an?«, fragte Blake.

»Hat bereits angefangen; ich werde ihn gleich informieren. Ich wusste, ich kann auf euch alle zählen.«

Herr Flanigan ging von Tisch zu Tisch, schaute nach seinen Schülern, während er sein Mittagessen aß. Nachdem sie über ihren Lieblingslehrer gelacht hatten und darüber, wie »cool« sie ihn fanden – es war urkomisch, wie viel Mühe er sich gab, von den Schülern akzeptiert zu werden – wandte sich das Gespräch wieder zur Kostümplanung.

Das Spukhaus war alles, worüber die Schüler in der Cafeteria redeten. Spekulationen verbreiteten sich darüber, welcher Lehrer den gruseligsten Raum anbieten würde und welche Lehrerräume sie meiden würden. Die Halloween-Feier hatte sich schnell zum Ereignis des Jahres entwickelt und hatte eindeutig den gewünschten Effekt, die Stimmung aller zu heben.

»Seien wir ehrlich. Frau Luna ist nicht die einfallsreichste. Also denke ich nicht, dass ihr Raum viel Spaß machen wird«, lachte Avery.

Frau Luna war die Hauswirtschaftslehrerin, und einige ihrer Rezepte für das, was sie als »Spaß«-Klassen betrachtete, waren immer fragwürdig. Einmal bat sie die Schüler, ein Rezept zuzubereiten, das sie in einem Buch gefunden hatte, das sie in einem Second-Hand-Laden gekauft hatte. Sie dachte, das Rezept wäre eine perfekte Mischung aus modernen Trends und Geschichte, neu und alt. Das gewählte Gericht stammte aus dem Jahr 1947 und wurde Avocado-Eiscreme genannt. Zur Überraschung aller war es tatsächlich genießbar. Das war jedoch nicht der Fall für den Arme-Leute-Auflauf, den sie versuchten.

»Ich denke, Herr Smiths Raum wird der beste sein. Er spielt seiner Klasse jeden Halloween Streiche, und wir wissen alle, dass er Horrorfilme liebt«, sagte Alex aufgeregt. »Am 1. April macht er Streiche mit den Lehrern! Er ist immer für einen Lacher zu haben.«

Drew kicherte. »Ich weiß nicht. Das könnte mir zu gruselig sein. Erinnert ihr euch an die Geschichte, die er der Klasse letztes Jahr über die Spukheilanstalt erzählt hat? Ich hatte wochenlang Albträume über die Zwangsjacken«, sagte Drew und schüttelte sich, als ob er versuchte, die Erinnerung abzuschütteln. »Ich glaube, ich werde seinen Raum meiden. Er treibt das Erschrecken auf ein Level, mit dem ich nicht klarkomme.«

»Ach komm, sei nicht so«, neckte Blake, lächelte und formte spitze Katzenohren.

»Ich bin lieber ein Angsthase, als wochenlang nicht zu schlafen«, mischte sich eine Stimme hinter ihnen ein.

Die Gruppe drehte sich um und sah Herrn Flanigan lächeln, mit dem neuen Schüler und Mitglied ihrer Gruppe an seiner Seite.

»Das ist der neue Schüler, von dem ich euch erzählt habe«, lächelte Herr Flanigan – »Charlie.«

»Hallo Charlie, setz dich zu uns. Wir sprechen über das Halloween-Spukhaus nächste Woche. Es sollte Spaß machen. Stehst du auf Kostüme?«, fragte Blake hastig.

»Und wie! Ich gehe jedes Jahr in vollem Cosplay zur Comic Con. Ich habe einen Haufen Bänder für meine Kostüme bekommen«, strahlte Charlie und setzte sich zu der Gruppe an den Tisch.

»Dann willkommen im Club«, sagte Drew und klopfte Charlie auf den Rücken. »Was ist Cosplay?«, murmelte jemand. Charlie hörte das und erklärte die zuvor bei der Veranstaltung getragenen Kostüme.

Herr Flanigan hatte Recht. Charlie passte perfekt in die Gruppe. Das Gespräch floss leicht, und die Gruppe gab Charlie schnell einen Überblick über die Schule, ihre Lieblingslehrer insbesondere, und welche Schüler zu vermeiden waren.

»Wow, ihr Leute seid fantastisch. Ich hatte noch nie so einen Empfang«, sagte Charlie, strahlend vor Dankbarkeit und Anerkennung.

»Zieht ihr oft um?«, fragte Alex.

»Ich bin ein Militärkind. Aber dies ist unser letzter Umzug. Sie haben meinen Vater offiziell aus dem Dienst entlassen«, antwortete Charlie.

»Willkommen an der Riverside High«, strahlte Drew.

32

HALLOWEEN KONNTE NICHT SCHNELL GENUG KOMMEN. Die Woche vor Halloween schien sich vor lauter Vorfreude endlos hinzuziehen. Die ganze Woche über gaben die Lehrer Hinweise darauf, wie ihre Räume aussehen würden und welche Lehrer ihrer Meinung nach die am wenigsten gruseligen Räume anbieten würden. Aber eines war sicher. Ganz seinem Ruf entsprechend würde Herr Smiths Musikraum der gruseligste werden. Er ließ sogar seine Schüler im Vorfeld der kommenden Veranstaltung einige Halloween-Lieder mit ihren Instrumenten spielen.

Endlich kam der große Tag. Während die Lehrer und Eltern die Schule vorbereiteten, nahmen die Schüler an einer Crosslauf-Veranstaltung im Freien teil, die von der Sportabteilung organisiert wurde. Der erste Hinweis darauf, dass in der Schule etwas vor sich ging, zeigte sich, als sie auf den Tribünen zu Mittag aßen. Es war ein riesiges Banner mit der Aufschrift »SPUK BEGINNT BEI SONNENUNTERGANG«. Es war offensichtlich, dass der Sonnenuntergang früher als üblich kommen würde, da alle Fenster verdunkelt waren. In Wirklichkeit würden die Schüler

nach dem Mittagessen in ihre Kostüme schlüpfen und zur Turnhalle gehen, die als letztes dekoriert werden würde, während die
Schüler die Geisterklassenzimmer besichtigten.

Alex war als Erstes in der Turnhalle. Während Alex auf den
Rest der Gruppe wartete, beobachtete Alex, wie die anderen
Schüler eintröpfelten. Die Vielfalt der Kostüme war unglaublich.
Der Aufwand, den die Schüler betrieben hatten, war erstaunlich: Es
gab dreckige Piraten mit Holzzähnen; Werwölfe, die am Nacken
und an den Ohren am haarigsten waren; junge und alte Filmstars,
viele mit Sonnenbrillen; Grammy-gekrönte Popstars mit rosigem
Make-up; blutverschmierte Walker-Zombies; verschiedene Ghule
mit herabfallender falscher Haut; Teufel und Engel – einer schwang
ein mit Flammen bemaltes Pappschwertschwert – und sogar ein
paar Meerjungfrauen fanden ihren Weg in die Schule – eine trug
ein Fischglas gefüllt mit blauen Plastikperlen und falschen Fischen,
eine andere hatte einen Schwanz anstelle von Beinen.

»Alex?«, erklang Drews Stimme.

»Drew? Wow, du siehst unglaublich aus!«, jubelte Alex.

»Dein Kostüm ist auch ziemlich cool. Hast du dich am Thea-
termake-up deiner Schwester bedient?«, lachte Drew. Drews
Gesicht war mit schwarzen, schnurrhaarähnlichen Streifen
bedeckt und Drew trug eine kurze, schwarz gefärbte Frisur. Drew
lachte, sichtlich beeindruckt.

»Als wer hätte ich sonst kommen sollen, als Frankenstein?«,
kicherte Alex.

»Ich wollte als Zauberer gehen, fand das aber zu generisch«,
sagte Drew.

»Ein Drachentrainer ist eine ziemlich beeindruckende Wahl.
Ich habe viele Hexen und Zauberer gesehen, die vorbeigegangen
sind. Noch keine Drachentrainer. Schöne Rüstung«, nickte Alex.

»Sie bewegt sich auch, schau.«

Eine riesige, animierte grüne Drachenpuppe war um die Schulter der Rüstung gewickelt und kringelte sich um den Brustpanzer. Die Steuerelemente für die Puppe versteckten sich geschickt im Nacken und ermöglichten Bewegung, und mit einem Knopfdruck ertönten realistische Drachenknurren.

»So cool«, staunte Alex.

»Das ist noch nicht einmal das Beste«, beeilte sich Drew zu sagen.

Mit einem weiteren Knopfdruck von der Innenseite des Puppenkopfes blies ein Luftstoß aus dem Maul des Drachen und schoss eine Welle aus roten, orangefarbenen und gelben Bändern heraus, die das Feuer eines Drachenatems simulierten.

»Jemand will heute Abend definitiv einen Preis gewinnen«, mischte sich Blakes Stimme ein, als das Meer von Schülern sich teilte, um diesen Black Panther durchzulassen.

»Wer will nicht gewinnen, oder?«, grinste Drew.

»Was haltet ihr von meinem Kostüm?«, fragte Blake.

Blake drehte sich, um das gesamte Kostüm zu zeigen, das tagelang in der Herstellung gedauert hatte. Lichter säumten die Details des Superheldenkostüms, und mit einem Knopfdruck schloss sich die Black-Panther-Maske über das gesamte Gesicht mit leuchtend lila Augen.

»Wow, da hat jemand Papas Werkzeugschuppen geplündert«, lachte Drew.

»Wann sonst bekomme ich die Chance, ein Superheld zu sein? Mein Vater ist Ingenieur, wie Iron Man«, lachte Blake, hob die Arme zu einer T-Pose und spannte die Bizeps an.

Avery kam als Nächstes in einem extravaganten und teuer aussehenden Vampirkostüm an, das für den Broadway geeignet wäre. Der schwarze und rote Samtumhang mit goldenem Besatz glitzerte im Licht der Deckenleuchten. Die Vampirzähne passten perfekt in den Mund, sehr natürlich, und die roten Kontaktlinsen boten einen durchdringenden Blick.

»Ich möchte dich nicht enttäuschen, Avery, aber du bist heute Abend nicht der einzige Vampir hier«, sagte Alex und zeigte auf einen Hexenzirkel, der die Turnhalle betrat. Sie stolzierten herein wie eine Tanztruppe bei America's Got Talent.

Die meisten anderen Kostüme waren nicht so einfallsreich wie Averys; ihr Make-up bestand aus einfacher weißer Gesichtsfarbe, dunklem Eyeliner und falschem Blut, das von den Lippen tropfte.

»Ich bin nicht einfach ein Vampir. Ich bin der Herr der Vampire, Graf Vlad Dracula. Mal sehen, ob eines ihrer Kostüme meins schlagen kann!«, sprach Avery mit dem dicksten transsilvanischen Akzent, den man aufbringen konnte, was die Gruppe zum staunenden Lachen brachte. Die *Oohs* und *Aahs* waren sehr ausgeprägt.

»Wow, Leute, ihr seht toll aus!«, jubelte Charlie, der als Letzter ankam.

»Cooles Skelettkostüm«, sagte Avery.

Charlie trug einen hautengen schwarzen Anzug, der mit einem im Dunkeln leuchtenden Skelett verziert war. Die Details waren unglaublich, viel lebensechter als alles, was die Gruppe zuvor gesehen hatte. Charlie drückte einen Knopf, und im Brustkorb leuchtete und pulsierte ein realistisches menschliches Herz in Rot. Ein langsamer pochender Herzschlag kam aus dem Handy in der Anzugtasche.

»Das ist der Hammer, und die Gesichtsbemalung ist perfekt«, staunte Blake.

»Danke. Mein Cousin ist professioneller Make-up-Artist. Wir hatten gerade eine verrückte Sitzung in seinem Auto. Normalerweise dauert es Stunden, aber wir wurden kreativ. Es hält vielleicht nicht so lange wie üblich«, erklärte Charlie.

»Ich kann verstehen, warum du Schleifen bei der Comic-Con gewonnen hast«, bewunderte Alex.

»Okay, wir sehen alle fantastisch aus. Können wir jetzt gehen?«, fragte Drew aufgeregt hüpfend.

Wie auf Kommando machte der Schulleiter eine Ankündigung, der bald ein Soundtrack folgte, der durch das Lautsprechersystem der Schule pumpte. Der »Monster Mash« begann zu spielen. Egal welches Lied, die Gruppe war aufgeregt. Das Spukhaus sollte großartig werden, und großartig bedeutete gruselig. Die Erwartungen waren hoch.

Rote Tücher hingen von der Decke herab und gaben den harten Flurlichtern einen unheimlichen roten Farbton. In einigen Korridoren waren die Lichter ausgeschaltet; ersetzt durch flackernde Spots, die auf blutige Handabdrücke an den Wänden und ominöse Botschaften wie »LAUF«, »VERSCHWINDE« und »WEITERGEHEN AUF EIGENE GEFAHR« gerichtet waren.

Eine Gruppe von Mädchen, die als Zombie-Cheerleader verkleidet waren, rannte schreiend aus Herrn Smiths Raum, eine von ihnen in Tränen. Ihre blutroten Pompons wackelten den Flur entlang und um eine Ecke.

»Hab euch gesagt, dass Herr Smith es ernst meint. Lasst uns zuerst seine Klasse ausprobieren«, sagte Avery und stürmte der Gruppe voraus.

Die Gruppe betrat das Labyrinth aus wackeligen Holzregalen, das im Raum ein kleines Irrgarten bildete. Auf jedem Regal standen Gläser mit den seltsamsten Dingen – kleine knubbelige Auswüchse, Augäpfel, Zähne und verdrehter Schimmel. Licht strahlte durch die Augen geschnitzter Kürbisse und zeigte den Weg. Die Augen der Kürbisse flackerten von den Kerzen, die in ihren Köpfen brannten.

In einem Abschnitt war die Decke mit hängenden Köpfen verschiedener Formen und Größen bedeckt. Es waren keine Plas-

tikschädel aus dem Ein-Euro-Laden. Nein, sie waren aus Sackleinen und Stroh gefertigt, wie Vogelscheuchenköpfe. Die
abgetrennten Köpfe trugen schockierte Ausdrücke, die durch ihre
angenähten Knopfaugen noch grausamer wirkten. Eine Hand
klammerte sich an ihr Haar, das an der Decke festgebunden war.
Die anderen Köpfe hatten aufgedunsene Gesichtsausdrücke, und
Herr Smith hatte winzige Hände hinzugefügt, die das Seil um ihre
Hälse umklammerten.

Als sie weiter durch das Labyrinth gingen, fanden die Schüler
gruselige Bilder von Clowns, die sie anlächelten. Und ein vollständig geformter menschlicher Körper aus Pappmaché lag auf
einem Tisch, getränkt in rotem Maissirup und lila Bluterguss-
Make-up. Atmosphärische Musik spielte im Raum; es klang, als
würden die Bodendielen mit jedem Schritt knarren, als würde
jemand ihnen durch das Labyrinth folgen. Das Geräusch von
Fußschritten und scharrenden Füßen näherte sich und zog sich
zurück. Die Musiklautsprecher waren so positioniert, dass die
Schüler sie oft hinter ihrem Rücken hörten.

»Das ist gar nicht so schlimm«, sagte Drew. Sie entdeckten
einen winzigen Lautsprecher hinter einem der größeren Köpfe,
der an einem Schulpult festgebunden war.

Als hätten sie auf ein Stichwort gewartet, brach Donner im
Raum aus, begleitet von einem Lichtblitz, der die Gruppe zum
Schreien und Springen brachte. Als sie endlich in die Mitte des
Raumes gelangten, erblickten die Kinder Herrn Smith: Er lag mit
dem Gesicht nach oben, an einen Tisch gekettet, seine Kleidung
blutgetränkt und er sah aus wie die Obervogelscheuche. All seine
Kleidung war aus grobem Sackleinen geschnitten und mit dicken
schwarzen Fäden zusammengenäht; viele Nähte waren ausge-
franst und absichtlich offen gelassen. Aus diesen Löchern quollen
Blutklumpen, als würden sie aus offenen Wunden unter dem
Anzug pumpen. Ein Hausmeister, der als Clown verkleidet war,

stand neben ihm und ragte über ihn. Die Gruppe erkannte den Hausmeister nicht als jemanden von ihrer Schule; er war entweder ein völlig Fremder, oder sein Make-up und sein breites wahnsinniges Lächeln waren zu intensiv, um eine genaue Betrachtung zu erlauben. Der Clown hatte Zähne, und eine blutgetränkte Axt wurde in seiner rechten Hand gehalten. Mit einem Schwung der Axt schien der Clown Herrn Smiths ganzen Körper in zwei Hälften zu zerteilen. Die Blutklumpen explodierten aus Löchern im Sackleinen, und seine Beine waren von seinem Oberkörper getrennt. Aber der Lehrer schoss vom Tisch hoch, sein Oberkörper plötzlich intakt, eine riesige Spalte darauf; er stieß einen markerschütternden Schrei aus und spuckte falsches Blut über den Boden. Seine Arme stürzten sich auf sie wie ein Oger, der nach einer menschlichen Mahlzeit greift.

»Ihr seid die Nächsten!«, knurrte der Clown, drehte sich um und zeigte mit der Axt direkt auf sie.

»Erhebe dich, mein Diener! Hol dir deine nächste Mahlzeit!«, befahl der Clown. Sein Lächeln verwandelte sich schnell in ein weit aufgerissenes Stirnrunzeln, seine Lippen eine grausame und wahnsinnige Geste.

Herr Smith hatte sich seiner Aufführung voll verschrieben. Die auf dem Tisch zuckenden Beine, während der Clown seine Axt herabsenkte – auch wenn sie offensichtlich nicht seine eigenen waren – boten die perfekte Ablenkung und Realismus für den Moment, als Herr Smiths Oberkörper sich zu den Schülern drehte und tat, als würde er sie verfolgen.

»Er wird uns nicht wirklich jagen«, beschwerte sich Blake.

Doch Blake hatte zu früh gesprochen, denn eine Gruppe von Schauspielerfreunden des Lehrers brach durch die Bücherregale und Regale. Sie waren lebende Albträume: ein Wirbel aus Blut und Fangzähnen und Rasierklauen, die verzierte Dolche und Sicheln schwangen, eine große Sense stand im Zentrum des

Schwarms. Sie stöhnten und knurrten bei der Annäherung, griffen nach den Schülern und ließen sie kämpfen, um dem Labyrinth des Raumes zu entkommen.

»Das war... etwas«, keuchte Charlie, als sie den Korridor hinaufrannten, um zu entkommen.

»Herr Smith enttäuscht nie«, lachte Alex und fühlte sich unwohl, Gänsehaut bildete sich.

Die anderen Räume waren nicht so beeindruckend wie die des Musiklehrers. Während einige ein wenig Angst boten, waren andere einfach nur langweilig. Es dauerte jedoch nicht lange, bis die Gruppe von Freunden frustriert und genervt wurde.

»Ich habe nicht so viel Aufwand für mein Kostüm betrieben, für so was, oder?«, stöhnte Blake.

»Der Tanz soll ziemlich gut werden«, informierte Drew.

»Ja, aber der soll erst in Stunden anfangen«, sagte Charlie.

»Wir sind hierher gekommen, um uns zu gruseln. Wie wäre es, wenn wir uns in die Cafeteria schleichen, ein paar Snacks vom Buffet schnappen und im Wald hinter der Schule Gruselgeschichten erzählen?«, schlug Avery vor.

Aufgeregt stimmte die Gruppe zu, schnappte sich, was sie konnte, bevor sie fast von einigen der älteren Schüler erwischt wurden. Sie rannten in die Nacht, in die Dunkelheit hinter der Schule.

33

DIE GRUPPE WANDERTE TIEF in den Wald hinter der Schule, die Arme beladen mit Limonade, Chips, Süßigkeitentüten und Sandwiches. Blake hatte die großartige Idee, ein paar Taschenlampen mitzunehmen, um den Weg zu beleuchten. Die Gruppe lachte darüber, wie sie, wenn die Lichter ausgeschaltet waren, nur das leuchtende Skelett auf Charlies Kostüm sehen konnten. Das Skelett tanzte ein bisschen, während die Gruppe lachte, und verwandelte sich in einen seltsamen radioaktiven Tod, der Schatten über die Baumstämme warf.

Schließlich fanden sie eine Lichtung und ließen sich zu ihrem Picknick nieder, wobei sie gelegentlich Schreie von weiteren Schülern hörten, die Mr. Smiths Raum besuchten. Vor seinem Fenster hingen ein paar Schlingen im Wind, gerade außer Reichweite.

Sie alle fanden, dass dies eine nette Ergänzung war – unnötig, aber clever. Der Lehrer war ein Profi, da waren sich die meisten einig.

Einer war jedoch etwas weniger beeindruckt. Alex sagte: »Ich habe nach der ganzen Spekulation letzte Woche mehr von diesem Spukhaus erwartet.« Alex verschlang gerade ein weiteres Cheddar-Käse-Sandwich mit leichter Mayonnaise. Sie hatten sechs davon in Cellophan eingewickelt. Charlie jonglierte mit zweien davon und lächelte.

»Na ja, wenigstens haben wir einen kleinen Schreck bekommen, und jetzt können wir unseren eigenen Spaß haben«, sagte Avery in der unheimlichsten Stimme, die möglich war, und klang wie eine heisere Kreatur in der Dunkelheit. Sie richteten ihre Taschenlampe unter ihr Kinn und verzogen ihren Mund grotesk, mit weit aufgerissenen Augen. Ihr Gesichtsausdruck wirkte an verschiedenen Stellen sowohl aufgedunsen als auch dünn.

»Hör auf damit, du weißt, dass ich leicht zu erschrecken bin«, jammerte Drew und schob Averys beleuchtetes Gesicht mit einer Hand weg.

Die Gruppe lachte. Drew erschrak leicht, bestand aber immer darauf, überall dabei zu sein, wo die Gruppe einen Halloween-Schreck oder einen Horrorfilm-Marathon organisierte. Das war eine Tradition für sie.

»Ich habe eine Geschichte zu erzählen«, begann Alex.

Alex erzählte die Geschichte eines Monsters mit Reißzähnen, das es auf ungezogene Kinder abgesehen hatte. Angeblich bekam das Biest seine Namensliste von der Liste der Unartigen vom Weihnachtsmann. Kurz vor Halloween würde es seine ungezogenste Beute aufspüren.

»Das ist nicht gruselig«, stöhnte Blake.

»Aber warte, du hast das Ende noch nicht gehört. Dann, in der Nacht zu Allerheiligen, würde das Monster von Haus zu Haus gehen und sich unter den Betten seiner Opfer verstecken. Es würde kratzen und klopfen, um die Neugier der Kinder zu wecken. Die meisten Kinder würden sich unter ihren Decken verstecken, aber irgendwann müssten sie ihre Füße auf den Boden stellen, und dann...«

Alex packte Averys Schultern, als die Geschichte endete. »Würde es dich mit sich nach unten ziehen! ... Das Letzte, was du sehen würdest, wären rote Augen in der Dunkelheit ... Das Letzte, was du hören würdest, wäre das Knirschen deiner Knochen!« Alex schwitzte, während sie schrien.

»Du hast echt Probleme«, stöhnte Avery.

»Monster unterm Bett? Echt jetzt? Mann, hör dir das an«, begann Blake.

Blake wiederholte eine Geschichte, die Mr. Smith im Jahr zuvor über das Mädchen in einer Irrenanstalt erzählt hatte, das der Hexerei beschuldigt wurde. Sie hatte ihre Unschuld beteuert, aber die Stadt wollte ihr nicht glauben. »...Schließlich, nachdem sie auf dem Sterbebett gefoltert worden war, um ihr Geheimnis preiszugeben, schwor das Mädchen, die Menschen heimzusuchen, die ihr wehgetan hatten. Und wenn sie ihrer Magie nachgegeben hatten, suchte sie den Wahnsinn wieder bei den Familien heim, die sie großgezogen hatten. Sie alle mussten bezahlen. Sie sprach viele Male davon, seit man sie das erste Mal in eine weiße Zwangsjacke gesteckt und in einen kleinen, kalten, gepolsterten Raum geworfen hatte, um sie zu beobachten...«

»Warum? Warum musst du diese Geschichte nochmal erzählen? Du weißt, dass sie mir Albträume bereitet hat. Du hast gerade Freundschaftspunkte verloren«, beschwerte sich Drew.

Die Gruppe lachte wieder, bevor Avery die Geschichte eines Mädchens erzählte, das in einem Spiegel gefangen war und nach einer Seele suchte, mit der es die Plätze tauschen konnte. Egal wie sehr sich die Gruppe anstrengte, nichts schien Charlie zu erschrecken. Drew versuchte, die Geschichte eines Spukhauses zu erzählen, in dem niemand mehr leben wollte, weil es seine Bewohner wie Nahrung verschlang, aber die Geschichte erschreckte nur den Erzähler selbst.

»Du lässt dich nicht leicht erschrecken, oder, Charlie?« fragte Blake und griff nach einer Dose Limonade.

»Nein. Wenn du so viel gereist bist wie ich, hörst du alle möglichen gruseligen Geschichten. Danach braucht es schon viel«, zuckte Charlie mit den Schultern. Wohin waren sie gereist? Was wussten sie wirklich?

»Na los, wenn du denkst, dass du es besser kannst. Erschreck uns«, bestand Avery darauf.

»Okay, aber seid vorbereitet, denn was diese Geschichte so gruselig macht, ist ... sie ist wahr.« Charlie begann, es sich bequem zu machen.

»Eine wahre Geschichte? Will ich das wirklich hören?« fragte Drew, plötzlich angespannt.

»Ihr alle wollt das hören. Lasst uns die Szene setzen: Es ist Weihnachten 1999 in Brooklyn, New York. Lauren ist eine Frau, die in der Nähe des Prospect Parks wohnt, eine wunderschöne Gegend. Sie fährt mit der Bahn und durchsucht die Spielzeuggeschäfte in Manhattan nach dem Must-have-Spielzeug des Jahres, einer riesigen Mega-Force-Plüschpuppe. All die anderen Mädchen wollten Barbies oder Tamagotchis – diese elektronischen Schlüsselanhänger-Haustiere, versteht ihr? – Aber nicht Lauren; sie wollte nichts mit diesen Tickle-Me-Elmo-Mädchen zu tun haben.« Die Gruppe erinnerte sich vage daran. Blakes älterer Bruder besaß ein Tamagotchi aus dieser Zeit, benutzte es kaum und sagte, die Batterie sei gestorben. Zwei waren in gewissem Maße Fans der Mega-Force-Spiele. Sie nickten, aber zögerlich, als wären sie nicht eingeweiht.

»Oh mein Gott, erinnerst du dich an das Mega-Force-Plüschtier? Ich wollte unbedingt eins haben, aber es war überall ausverkauft«, lachte Blake.

Charlie machte eine Pause, um die Wirkung zu steigern, und sah jedem einzelnen in die Augen. »Nun, du wirst froh sein, dass du dieses Spielzeug in diesem Jahr nicht unter deinem Weihnachtsbaum hattest, wenn ich dir davon erzähle.«

34

Jahrelang hatten Kinder weltweit für eine Zeichentrickserie namens The Mega Force Police geschwärmt. Die Serie zeigte eine Gruppe von Menschen aus allen Ecken der Welt, jeder mit besonderen Kräften, die zusammengebracht wurden, um die Mega Force Police zu gründen. Gemeinsam nutzten sie ihre Kräfte, um Verbrechen zu bekämpfen und die Welt und das Universum vor bösen Feinden mit ähnlichen Fähigkeiten und außerirdischen Lebensformen zu retten.

»Wie die Power Rangers...?«, flüsterte Avery. »Psst!«, antwortete die Gruppe.

Die Mega Force Police reiste um die ganze Welt und umarmte Kulturen und Bräuche, die für ihre Gebiete spezifisch waren. Dadurch erreichte die Show ein immenses Publikum. Das Studio hatte nicht erwartet, dass ihre kleine Animation ein so großes Publikum erreichen würde, und es dauerte nicht lange, bis die Show zu einem Comic, einer Buchreihe und Spielzeugen erweitert wurde. Dennoch verlangten die Fans nach mehr.

»Mama! Mama! Schau mal! Die Mega Force Police machen einen Realfilm! Kann ich ihn sehen? Kann ich?«, bestand Charlie darauf.

»Wenn du alle deine Hausaufgaben erledigst, dein Gemüse isst und deine Pflichten erfüllst, nehme ich dich am Wochenende mit«, lächelte Charlies Mutter.

»Danke, Mama, du bist die Beste«, strahlte Charlie und umarmte Lauren fest.

Der Film war ein enormer Erfolg, brach Kassenrekorde und startete die Karrieren mehrerer Schauspieler. Mit Weihnachten vor der Tür war es nur passend, dass die Mega Force-Actionfigur auf den Markt kam. Mega Force war ein Milliardärscharakter, der nach einer Nahtoderfahrung seine Kräfte entwickelte und beschloss, die zweite Chance im Leben zu nutzen, um Gutes zu tun. Er suchte den Rest seines Teams und wählte die acht besten Superhelden für den Job aus. Mega Force war freundlich und charmant und verkörperte alles, was ein Kind sein wollte. Es machte Sinn, dass von allen acht Charakteren, obwohl alle eine fantastische Fangemeinde hatten, die Mega Force-Figur das meist-gesuchte Spielzeug auf jedermanns Weihnachtsliste war.

»Mama! Kann ich einen Mega Force zu Weihnachten haben?«, fragte Charlie beim Frühstück.

»Wenn du auf Santas guter Liste stehst, natürlich«, grinste Charlies Vater hinter seiner Zeitung.

»Daniel, wir haben ein Problem«, sorgte sich Lauren.

»Was ist los?«, fragte Daniel.

»Ich habe überall im Internet gesucht, und Mega Force ist ausverkauft.«

»Das ist nicht dein Ernst? Charlie wird am Boden zerstört sein.«

»Ich weiß. Wenn ich morgen mit der Arbeit fertig bin, gehe ich in die Geschäfte. Ich hoffe nur, dass ich eine finden kann.«

Am nächsten Tag, als Lauren ihre Schicht im Schuhgeschäft beendete, nahm sie den Zug und rannte von Geschäft zu Geschäft. Sie fragte so viele Verkäufer, ob sie die Actionfigur hatten, dass all ihre Gesichter in eins zu verschwimmen schienen. Ausverkauft. Sie fragte nach einer Vorbestellung der nächsten Charge und nach einer Reservierung aus einem anderen Geschäft, aber jede Antwort war dieselbe.

»Machen Sie Witze, Lady? Es ist das Must-have-Spielzeug dieser Saison. Ich arbeite hier, und selbst ich kann keines reservieren.«

Fast besiegt, rannte Lauren zum letzten Spielzeugladen, den sie vor Ladenschluss finden konnte. Ein großer roter Pfeil, verziert mit mehrfarbigen Glühbirnen, blinkte – die Mega Force Police-Spielzeuglinie befand sich im zweiten Stock. Leider war die Schlange für den Aufzug viel zu lang.

Lauren beschloss, nicht zu warten und eilte drei Treppen hinauf zur Mega Force Police-Abteilung. Jeder Charakter hatte seinen eigenen Bereich. Die gesamte Etage war allein dieser Spielzeuglinie gewidmet. Tsunami, Hitman, Fire King, Wolf, Zara, Professor Dino St. Clair und Mega Force. Vorwärts stürmend suchte Lauren durch Plüschpuppen, Behälter mit Mega Police-Bussen, Wasserpistolen in Form der Mega Force-Waffen, Kostüme, Schlafanzüge und Schlafzimmerzubehör. Es gab eine Linie von Mega Force Police-Bekleidung, Schulmaterial, Lernmaterialien und vieles mehr. Eines fehlte: die sagenhafte Mega Force-Actionfigur.

Da sah sie es. In einer Rabatt-Kiste, versehentlich dort platziert und zur Hälfte herausragend, war der einzige Mega Force, der im Laden übrig geblieben war. Lauren rannte darauf zu, als hinge ihr Leben davon ab. Sie schob sich an Kunden vorbei, entschuldigte sich für das Anrempeln und näherte sich der Kiste in kontrolliertem Schritt... Aber ein kleiner Junge griff zuerst danach und rannte zu seiner Mutter. Laurens Herz sank, und die Welt erschien in Zeitlupe, als sie zusah, wie das Glück ihres Kindes zur Kasse ging und durch die Tür verschwand.

»Hallo, Madam, wie kann ich Ihnen helfen?«, fragte die besorgte Verkäuferin, als sie den Kummer auf Laurens Gesicht sah.

»Ja, bitte. Ich hoffe es sehr. War das der letzte Mega Force?«

»Ehrlich gesagt, habe ich nicht einmal bemerkt, dass wir noch einen hatten. Tut mir leid, wir sind ausverkauft.«

»Wann werden Sie voraussichtlich eine neue Lieferung bekommen?«

»Nicht vor Weihnachten. Höchstwahrscheinlich Neujahr, rechtzeitig für den Januar-Verkauf.«

»Oh nein. Ich habe überall gesucht. Charlie wird so enttäuscht sein«, seufzte Lauren.

»Ich glaube, es gibt ein altes Spielzeuggeschäft in der Fünften, das vielleicht eines hat. Sie sind normalerweise auf Vintage-Spielzeug spezialisiert, aber es ist immer einen Versuch wert«, lächelte die Assistentin.

»Danke, Sie sind ein Engel. Ich bin bereit, alles zu versuchen«, grinste Lauren, bevor sie hinausstürmte und um den Block rannte.

Lauren schaute auf ihre Uhr und hatte fünfzehn Minuten, bevor alle Geschäfte schließen sollten. Sie bahnte sich ihren Weg durch den Verkehr, überquerte die Straße bei Rot und raste durch Gassen, gerade noch rechtzeitig. Vor dem Laden namens The Vintage Toy Emporium stehend, fühlte sich Lauren geschlagen.

Im Schaufenster waren Spielzeuge aus den frühen Zwanzigern und darüber hinaus. Der Laden schien auf bestimmte Sammler und Kunden spezialisiert zu sein, ein Nischengeschäft, aber Lauren musste es versuchen.

Eine Glocke läutete, als Lauren die Tür öffnete. Der Laden war alt und staubig und roch nach Schimmel, Moder und vergangenen Jahrhunderten. Sie rümpfte die Nase und drückte ihre Tasche an ihre Brust, darauf bedacht, keines der gruselig aussehenden Spielzeuge zu berühren. Augen folgten ihr, als sie durch den Laden ging. Überall, wo sie hinschaute, konnte sie den brennenden Blicken der Vergangenheit nicht entkommen. Sie konnte nicht einmal eines der Spielzeuge erkennen, als sie an ihren bedrohlichen Formen auf den Regalen vorbeiging. Sie bahnte sich ihren Weg durch dieses Chaos zum Schreibtisch im hinteren Teil des Ladens. Es war dunkel dort hinten. Schatten fielen auf Oberflächen, als eine Kerze aus einer Ecke flackerte.

Ein freundlicher alter Mann saß am Schreibtisch mit weißem Haar und einem grünen Hemd, bedeckt von einer abgenutzten Strickweste. Seine Halbmondbrille saß auf dem Ende einer langen, gebogenen Nase. Lauren dachte, er könnte Japaner sein.

»Guten Abend, Fräulein. Wie kann ich Ihnen helfen?«

»Ich glaube nicht, dass Sie das können, fürchte ich«, sagte Lauren und schaute sich nach allem um, was Mega Man ähnelte.

»Ich werde es versuchen. Wonach suchen Sie?«, fragte der Ladenbesitzer.

»Sie haben nicht zufällig ein Mega Force-Spielzeug, oder?«

Überraschung breitete sich auf seinem Gesicht aus, bevor seine Augen aufleuchteten. Er lächelte. Laurens Sorgen fühlten sich unerwartet beruhigt, eine Last fiel von ihren Schultern. Sie richtete sich auf, als er begann, in Erwartung.

»Wissen Sie, normalerweise ist das nichts, was ich vorrätig haben würde, aber eins wurde mit meiner letzten Lieferung vermischt. Ich wollte es entsorgen, aber hier, es gehört Ihnen. Frohe Weihnachten«, sagte der Besitzer und zog das begehrte Spielzeug unter dem Tresen hervor.

»Oh mein Gott, ich kann Ihnen nicht sagen, wie glücklich Sie mich gemacht haben. Mein Charlie wird so glücklich sein. Wie viel?«

»Es ist Ihres. Ihre Freude ist Zahlung genug«, seine Brille rutschte herunter, während er sie anschaute.

»ICH BIN VERWIRRT«, sagte Alex.

»Genau. Wenn du an gruselige Puppen denkst, würdest du denken, diese Geschichte handelt von einer dieser Vintage-Porzellanpuppen aus genau diesem Laden. Aber da würdest du dich irren«, grinste Charlie.

»Bist du der Charlie aus der Geschichte?«, fragte Drew und klammerte sich an den Drachenkopf seines Kostüms wie an eine Kuscheldecke.

Charlie hielt einen Moment inne, bevor er süß lächelte. »Reiner Zufall.«

»Also, hat Charlie das Spielzeug zu Weihnachten bekommen?«, fragte Blake und öffnete eine weitere Packung Chips.

»Natürlich. Lauren hat es bekommen«, wies Avery darauf hin.

»Jedenfalls. Wie ich schon sagte, wenn ihr an verfluchte Puppen denkt, denkt ihr an Porzellan, und höchstwahrscheinlich habt ihr keine einfach so in eurem Zuhause herumstehen. Das hat heutzutage niemand mehr. Aber fühlt euch noch nicht zu wohl bei irgendeinem alten Spielzeug«, fuhr Charlie fort.

35

2011

»Mega Force Polizei zur Rettung!« rief Mega Force, als Charlie den Knopf am Nacken der Figur drückte.

»Darf ich mitspielen?« zwitscherte Cameron, der erst vor drei Tagen fünf geworden war.

»Klar, hol deine Wolfman-Actionfigur. Dann können wir zusammen Mega Force Polizei spielen«, sagte Charlie und sammelte die Spielzeuge auf.

Die beiden spielten stundenlang mit Mega Force und Wolfman. Lauren und Daniel waren überglücklich, dass ihre Kinder die Spielzeuge so sehr liebten.

In den folgenden Monaten hörten sie im ganzen Haus nur die Schlüsselsätze von Wolfman und Mega Force.

»Ich werde dich schnappen und der Gerechtigkeit zuführen!«

»Niemand kann Mega Force entkommen!«

»Peng!«

»Pow!«

»Damit hast du wohl nicht gerechnet?«

»Mega Force Kräfte aktiviert!«

Nach einigen Monaten verlor Cameron das Interesse an Wolfman, aber Charlie war immer noch überglücklich mit Mega Force. Charlie nahm das Spielzeug überall mit, zur Schule, in den Park und einmal sogar in den Zoo. Und er schlief jede Nacht mit Mega Force an seiner Seite. Schließlich erklärte Lauren, dass Mega Force wahrscheinlich besser nicht mit in die Badewanne genommen werden sollte, womit das Badezimmer der einzige Ort blieb, an dem Charlie ohne es war. Sie waren unzertrennlich geworden.

»Ich glaube nicht, dass ich Charlie jemals so von etwas begeistert gesehen habe, besonders nicht von einem Spielzeug«, sagte Lauren eines Abends beim Essen zu ihrem Mann.

»Ich glaube, du hast Recht. Ich bin einfach froh, dass Charlie so viel Spaß hat.«

»Ja. Gut, dass ich eine gefunden habe.«

ALEX, Blake, Drew und Avery kauerten zusammen und hingen an jedem von Charlies Worten. Charlie hatte ein Talent fürs Geschichtenerzählen.

»Das ist nicht so gruselig. Drews Geschichte war gruseliger, und wir haben nicht mal das Ende gehört«, lachte Alex und stieß Drew in die Seite.

»Ich führe euch nur langsam ran«, grinste Charlie.

Das verrückte, im Dunkeln leuchtende Kostüm kombiniert mit den Taschenlampen und Charlies Schminke ließ das Grinsen bösartig wirken. Das war der Trick, um sie zu erschrecken, als Drew hörbar schluckte.

Charlie fuhr fort. »Er liebte dieses Spielzeug so sehr, jedenfalls bis zum nächsten Jahr, als eine neue, unbedingt haben müssende Actionfigur auf den Markt kam. Charlie schob Mega Force beiseite und ließ ihn in der Spielzeugkiste mit seinen anderen ausrangierten Spielsachen.«

»Uuuuh, das Spielzeug wird vergessen und in einer Spielzeugkiste eingesperrt. Was tut es also, um auszubrechen und dem neuen Spielzeug den Kopf abzureißen?« spottete Blake.

»Ha! Wäre das nicht lustig? Aber nein, warte einfach. Ich komme dazu. Du wirst nicht enttäuscht sein.«

CAMERON UND CHARLIE spielten im Wohnzimmer vor dem Fernseher. Lauren kochte gerade das Abendessen und summte zum Radio, während Daniel in seinem Sessel saß, Zeitung las und seinen Kaffee trank.

Cameron drückte den Knopf an seinem neuen Spielzeugauto, und der Raum füllte sich mit Sirenengeräuschen.

»Fahrzeug setzt zurück! Achtung! Fahrzeug setzt zurück!«

»Ha! Das klingt so echt«, rief Daniel.

Plötzlich schaltete Lauren das Radio aus und kam aus der Küche.

»Hört ihr das?« fragte sie.

»Was denn?«

»Es kommt aus dem Spielzimmer. Ich habe es über das Radio gehört. Ich kann nicht glauben, dass ihr es nicht hört«, sagte Lauren und kratzte sich verwirrt am Kopf.

Beide Eltern verstummten und hörten genau hin. Daniel stellte den Fernseher stumm, um besser hören zu können.

Gedämpfte Geräusche kamen aus dem anderen Raum. Verwirrt folgten Lauren und Daniel dem Geräusch, und je näher sie kamen, desto lauter wurde es.

»Es kommt aus der Spielzeugkiste«, sagte Lauren und öffnete den Deckel.

Lauren wühlte durch Kuscheltiere, Bauklötze, Legos und unzählige Actionfiguren, und ihre Finger näherten sich der Lärmquelle. Es war Mega Force.

»Mega Force Kräfte aktiviert! Ich werde dich schnappen und der Gerechtigkeit zuführen!« schrie das Spielzeug.

»Wie seltsam. Eines der anderen Spielzeuge muss gegen den Knopf gestoßen sein«, sagte Daniel.

»Habe ich Mega Force gehört? Cool!« rief Charlie, schnappte sich das Spielzeug und ging zurück ins Wohnzimmer.

Aber wieder wurde das Spielzeug schnell vergessen und lag bei den anderen ausrangierten Spielsachen in der Ecke. Charlie und Cameron spielten stundenlang glücklich, bevor Lauren verkündete, dass es Zeit fürs Bett sei. Während ihre Kinder schliefen, räumte Lauren die Spielzeuge auf, legte Mega Force zurück in die Spielzeugkiste und ordnete die anderen ordentlich im Spielzimmer an. Sie staubte die Regale und die Kiste ab. Dann, zufrieden, dass ihr Zuhause nicht mehr im Chaos versank, ging sie ins Bett.

»Lauren! Wach auf!« gähnte Daniel.

»Was ist los?« fragte Lauren schlaftrunken, während sie sich zwang, aufzuwachen.

»Hörst du das?«

Lauren hörte genau hin. Ihre Augen weiteten sich, und sie starrte ihren Mann überrascht an.

»Geh nachschauen!« bestand sie darauf und schubste Daniel praktisch aus dem Bett.

Daniel wickelte seinen Morgenmantel um sich und ging nach

unten ins Spielzimmer. Mit jedem Schritt wurde das Geräusch lauter. Daniel befürchtete das Schlimmste; er hörte das Flüstern von Akzenten. War jemand im Haus? Seltsame Geräusche kamen gedämpft aus der Spielzeugkiste. Nervös, aber auch neugierig, öffnete er die Kiste. Mega Force saß oben auf allen Spielsachen und gab Schlagworte wieder, aber etwas war anders. Er nahm es in die Hand.

»Ist es wieder dieses blöde Spielzeug?« fragte Lauren. Sie war ihm gefolgt.

»Lauren! Meine Güte, du hast mir einen Schrecken eingejagt«, keuchte Daniel und ließ das Spielzeug fallen.

»Was hat dieses Ding gerade gesagt?« fragte Lauren.

»Ich weiß nicht. Es klingt nach Spanisch... warte, ist das Griechisch?« Seine Eltern waren Griechen, obwohl er nicht fließend sprach.

»Wahrscheinlich eine unbekannte Funktion. Ich glaube, diese Spielzeugkiste wird zu voll. Vielleicht ist es Zeit für einen Flohmarktverkauf. Gehen wir zurück ins Bett«, gähnte Daniel und schaltete Mega Force aus.

36

»Also, das Spielzeug hat ständig in verschiedenen Sprachen gesprochen?«, fragte Drew.

»Ich kann mich an Mega Force erinnern. Ich dachte, die konnten nur in zwei Sprachen sprechen, und man musste die Actionfigur mit der eigenen Sprache auswählen«, sagte Blake.

»Ja, es gab einen Schalter auf dem unteren Rücken, und man konnte zwischen Spanisch und Englisch umschalten«, warf Avery ein.

»Wollt ihr mich die Geschichte erzählen lassen oder was?«, beschwerte sich Charlie, weil er befürchtete, dass der Gruseleffekt verloren ging.

»Entschuldigung, mach weiter«, sagte Alex.

Charlie nickte und fuhr fort: »Mit der Zeit wechselte Mega Force zwischen den Sprachen und begann zufällig zu sprechen, ohne dass sein Knopf gedrückt wurde. Daniel prüfte, ob mit dem Schalter etwas nicht stimmte, aber die Mechanik war in Ordnung. Vielleicht funktionierten die Elektronik nicht richtig, aber das Spielzeug machte ungehindert weiter. Lauren dachte, dass es helfen würde, Mega Force allein auf ein Regal zu stellen. Trotzdem hörte die Familie Mega Force in den frühen Morgenstunden, zu zufälligen Zeiten während des Tages oder beim Abendessen sprechen.«

»Haben sie immer neue Batterien eingelegt? Bei den meisten meiner Spielzeuge waren die Batterien nach ein paar Mal Drücken leer«, unterbrach Drew.

»Das ist ja das Ding. Die Batterien wurden nie gewechselt. Lauren und Daniel hatten gehofft, dass das Sprechen aufhören würde, wenn die Batterien leer wären, aber nein – Mega Force machte weiter«, antwortete Charlie.

»Warum haben sie es dann nicht nach jedem Spielen ausgeschaltet?«, fragte Blake.

»Das haben sie, und manchmal stand Mega Force monatelang einfach nur auf dem Regal und sammelte Staub. Es war, als würde die Puppe nach langen Phasen der Einsamkeit schreien, um gespielt zu werden. Sie schrie nach Aufmerksamkeit, auf die einzige Art und Weise, die sie kannte«, antwortete Charlie.

Drew schien ungläubig, aber trotzdem ängstlich. »Mir gefällt nicht, wohin das führt... also weiter; was ist als Nächstes passiert?«, fragte Drew.

2012

Mega Force wurde schnell zu einem Ärgernis, das Lauren so sehr gruselte, dass sie nicht mehr ins Spielzimmer ging. Charlie bestand darauf, dass mit Mega Force immer noch gespielt werden würde, jedes Mal, wenn Daniel darauf bestand, es wegzuwerfen. Schließlich verstummte Mega Force. Erleichtert kehrte Lauren zu ihrer Routine zurück, litt nicht mehr unter schlaflosen Nächten und fürchtete sich nicht mehr vor Teilen ihres eigenen Zuhauses.

An einem Frühlingstag, während sie das Haus von oben bis unten putzte, wagte sich Lauren ins Spielzimmer, begleitet von den Melodien des Radios im Flur. Summend putzte Lauren die Fenster, wischte die Böden und saugte den flauschigen Teppich. Dann kniete sie sich neben die Spielzeugkiste und begann, Spielzeug hineinzuwerfen, als ein Geräusch sie erstarren ließ.

»Mega Force aktiviert!«

»Oh Gott, nicht schon wieder«, flüsterte Lauren und drehte sich langsam um, um das Spielzeug auf dem Regal hinter ihr anzusehen.

Lauren zitterte, ihr Herz raste, als sie aufstand. Sie hatte vergessen, dass sie es dort auf dem Regal platziert hatte, frei sichtbar.

»Was hast du gerade gesagt?«, fragte Lauren und bereute ihre Worte sofort.

»Ich werde dich kriegen... kriegen... k-kriegen... und dich zur G-G-Gerechtigkeit führen!«, krächzte Mega Force.

Lauren schrie auf und rannte aus dem Zimmer. Zum Glück stand die Tür weit offen. Daniel hörte es und eilte aus der Garage, um nach seiner verängstigten Frau zu suchen, die in seinen Armen weinte, als er sie umarmte.

»Schatz, was ist los?«

Zwischen Schluchzen und nach Luft schnappen zitterte Lauren in den Armen ihres Mannes und erzählte, was passiert war, während Mega Force seine Catchphrase auf Englisch, Spanisch, Deutsch, Griechisch und schließlich Japanisch wiederholte.

»Das war's, Daniel! Mir egal, was die Kinder sagen. Dieses Spielzeug muss weg! Schaff es sofort aus dem Haus!«, schrie Lauren.

Daniel tat, was seine Frau befahl, und warf Mega Force in die Mülltonne im Vorgarten, tief vergraben im Abfall.

Lauren war seit dieser Nacht nicht mehr dieselbe, also schlug Daniel einen Ausflug zum Haus seines Bruders in Maine vor, um sie zu beruhigen. Froh über die Pause und die Ablenkung des Sommers packten Lauren und Daniel die Kinder ein und machten sich auf zu einem längst überfälligen Familienurlaub.

CHARLIE ERZÄHLTE DER GRUPPE, wie der Sommer in Maine genau das war, was die Familie brauchte. Während sie den überfälligen Familienklatsch aufholten, Sonne und Meer am Strand genossen und bei Picknicks gutes Essen aßen, verschwanden bald alle Sorgen um Mega Force.

Lauren war entspannter, als Daniel sie seit Jahren gesehen hatte. Und das Paar konnte endlich ein paar überfällige Rendezvous haben, dank einer Nichte, die auf die Kinder aufpasste. Die Blase des Glücks und der Ruhe endete abrupt eine Woche nach der Heimkehr. Lauren hatte ein Wochenende lang eine Freundin zu Besuch, die auf Geschäftsreise war. Laurens Freundin schlief kaum, weil sie behauptete, jemand würde laut Spanisch vor ihrem Fenster sprechen«, sagte Charlie.

»Das war Mega Force, oder?«, fragte Drew, plötzlich von der Geschichte gefesselt.

»Psst, Drew, lass Charlie ausreden«, zischte Blake.

Lächelnd fuhr Charlie fort, bereit, den ersten von vielen Schrecken zu liefern.

»Lauren bestand darauf, dass niemand vor dem Fenster war. Sie und Daniel hätten es doch gehört, oder? Lauren dachte sich nichts dabei und wies die Bedenken ihrer Freundin zurück, bis sie nach dem Besuch die Ersatzkissen und -decken wegräumen wollte.«

»Aaaaahhhh!« schrie Lauren.

Daniel und die Kinder sprangen bei dem alarmierenden Geräusch auf. Daniel rannte zum unteren Ende der Treppe, aber Lauren stürmte bereits an ihm vorbei ins Spielzimmer.

»Wer von euch beiden hat das aus dem Müll geholt?«, verlangte Lauren zu wissen.

»Wovon sprichst du? Mega Force steht doch immer auf dem Regal«, beharrte Charlie und zeigte darauf.

»Ich habe dieses blöde Spielzeug vor dem Urlaub in den Müll geworfen! Ich verspreche, ich bin nicht böse; sagt mir einfach die Wahrheit. Wer hat es zurück ins Haus gebracht?«, fragte Lauren und versuchte, ihre Nerven zu beruhigen und so friedlich wie möglich zu klingen.

»Wir waren es nicht, Mama. Wir versprechen es«, sagte Cameron mit der kleinsten Stimme, die Lauren je gehört hatte.

Lauren nickte und ließ ihre verwirrten Kinder ihr Spiel Leiterspiel fortsetzen, während sie in die Küche ging. Sie knallte das lästige Spielzeug in die Spüle. Laurens Knöchel wurden weiß, als sie sich an der Arbeitsplatte festklammerte, ihre Schultern sinken ließ und keuchte.

»Ich glaube den Kindern. Sie wussten nicht, dass wir das Spielzeug weggeworfen hatten, und warum sollten sie im Müll wühlen? Wo hast du es überhaupt gefunden?«, fragte Daniel und massierte die verspannten Schultern seiner Frau.

»Auf der Bank unter dem Erkerfenster im Gästezimmer. Sonia sagte mir, sie hätte in der Nacht spanische Stimmen gehört, aber ich dachte mir nichts dabei. Wie ist es also wieder hierher gekommen?«

Daniel dachte darüber nach, aber auch er konnte zu keiner vernünftigen Schlussfolgerung kommen. Er zuckte mit den Schultern und brachte das Spielzeug zurück ins Spielzimmer. Mega Force war wieder da. Es wachte erneut stolz vom Regal über das Spielzimmer, wie ein Kind, das sein Königreich überwacht.

37

CHARLIE HOLTE TIEF LUFT, um fortzufahren: »An diesem Punkt war es Jahre her, seit Mega Force ins Haus gekommen war. Nachdem es wegen mehrerer Störungen fast weggeworfen und auf der Müllkippe gelandet wäre, schien Mega Force seine Lektion gelernt zu haben. Die Kinder hatten entschieden, wenn sie Mega Force behalten wollten, müssten sie beweisen, dass es immer noch ein geschätztes Spielzeug war. Also begannen sie wieder damit zu spielen. Es war, als hätte Mega Force bekommen, was es wollte, denn plötzlich sprach es nur noch, wenn man den Knopf drückte. Aber etwas stimmte immer noch nicht. Es sprach nur noch auf Spanisch.«

»Wenn es sich also benommen hat, warum ist das dann eine gruselige Geschichte?«, beschwerte sich Blake ungeduldig.

»Die Geschichte ist noch nicht zu Ende«, grinste Charlie.

Als er die anderen musterte, konnte Charlie sehen, dass sie noch immer gefesselt waren. Charlie wusste, sobald der nächste Teil der Geschichte enthüllt würde, wäre Blake genauso gebannt wie die anderen. Blake war einfach ein harter Brocken.

2014

»Mama, etwas stimmt nicht mit Mega Force. Es spricht ständig auf Spanisch. Ich kann kein Spanisch«, beschwerte sich Charlie.

»Doch, kannst du; du lernst es in der Schule«, beharrte Daniel und versuchte, von der Tatsache abzulenken, dass mit Mega Force etwas nicht stimmte.

»Ja, aber nichts wie seine Schlagwörter. Ich habe gelernt, zu sagen: Wo ist die Bibliothek? und Mein Name ist Charlie. Nicht Mega Force Kräfte aktiviert«, stöhnte Charlie.

»Gib es her. Ich werde es mir ansehen«, seufzte Daniel.

Daniel nahm Mega Force mit zu seinem Arbeitsplatz in der Garage. Er schraubte vorsichtig alle Teile auf, um sich die Schaltkreise von Mega Force genau anzusehen. Leider war Daniel kein Experte, wenn es um moderne Technologie ging; seine Kinder warteten erwartungsvoll über seine Schulter und fragten alle paar Sekunden: Was ist das? und Warum das?, was die Reparatur des Spielzeugs etwas problematisch machte.

Nachdem er die letzte winzige Schraube festgezogen hatte, schaltete Daniel Mega Force wieder ein und drückte den Aktionsknopf. Aber erneut kam jedes Wort, das aus dem Lautsprecher des Spielzeugs kam, auf Spanisch. Daniel kratzte sich am Kopf, betrachtete das Spielzeug und dann wieder die großen Augen seiner Kinder.

»Tut mir leid, Kinder, ich wünschte, ich wüsste, was damit nicht stimmt. Vielleicht drückt einfach nicht den Knopf. Ihr könnt euch eure eigenen Worte dafür ausdenken.«

»Ok, Papa«, zwitscherten die Kinder, schnappten sich Mega Force und rannten davon, um zu spielen.

Aber Mega Force mochte es nicht, wenn jemand an seinen Schaltkreisen herumfuschte. Und es gefiel ihm noch weniger, wenn die Kinder beschlossen, seinen Knopf nicht zu drücken, damit es sprechen konnte. Als würde es einen Wutanfall wie ein Kind bekommen, unterbrach Mega Force die Spielzeit, indem es zufällig zu sprechen begann. Seine Stimme klang härter und schneller, als ob es schreien oder widersprechen würde.

Charlie und Cameron wurden Mega Force überdrüssig und ließen es auf der anderen Seite des Spielzimmers, um stattdessen Räuber und Gendarm zu spielen.

»Stehenbleiben, Polizei!«, rief Cameron und richtete die Zeigefinger auf Charlie. »Du wirst mich nicht fangen, Bulle!«, schrie Charlie zurück und versteckte sich hinter der Spielzeugkiste, um zurückzuzielen.

»Mega fuerza policia al rescate! Mega fuerza policia al rescate! Mega fuerza policia al rescate!«, mischte sich Mega Force ein, als wolle es Teil der Action sein.

Erschrocken schrien die Kinder auf. Sie hörten auf zu spielen, aber Mega Force wiederholte sich weiter, jedes Mal nachdrücklicher. Als Daniel die Schreie seiner Kinder hörte und wusste, dass es kein spielerischer Laut war, rannte er ins Zimmer.

»Was ist los?«, rief er aus.

Daniels Herz sank, als er den Raum betrat und seine beiden Kinder sah, die sich aneinander klammerten. Sie zitterten mit tränenverschmierten Gesichtern und starrten auf das Spielzeug auf der anderen Seite des Raumes, das die Phrase immer wieder kreischend wiederholte. Seine Stimme wurde zum Schlag eines Hammers gegen eine raue Glocke.

»Papa, mach, dass es aufhört!«, weinte Cameron.

»Wir haben seinen Knopf nicht gedrückt. Es hat einfach ange-fangen, uns anzuschreien! Papa, ich habe Angst!«, weinte Charlie.

»Ich werde es reparieren«, rief Daniel. Er nahm das Spielzeug und riss es mit beiden Händen auseinander, wobei die Batterien aus dem Rücken flogen. Er war wütend. Zu seinem Entsetzen waren die Batterien durch jahrelanges Nicht-Wechseln korrodiert. Wie funktionierte das Spielzeug noch? Wie hatte er das nicht bemerkt, als er es auseinandergenommen hatte? Das war eine Frage für einen anderen Tag und eine Sorge, die er mit seinen bereits verängstigten Kindern nicht teilen wollte. Mit entfernten Batterien stellte Daniel Mega Force auf das Regal und legte ein kleines Handtuch darüber, um es vor den Blicken zu verbergen.

»So, jetzt müsst ihr es nicht einmal mehr ansehen«, sagte Daniel stolz. Er ging weg.

»MEGA FORCE WAR NOCH NICHT FERTIG. Jedes Mal, wenn jemand den Spielraum betrat, sagte es poderes activados!«, fuhr Charlie fort.

»Mega Force Kräfte aktiviert«, keuchte Avery.

»Ich bekomme Gänsehaut«, staunte Drew.

»Als es merkte, dass es ignoriert wurde, nahm Mega Force die Sache selbst in die Hand. Die Familie fand es morgens auf dem Küchentisch wartend vor, auf der Türschwelle, wenn sie aus der Schule nach Hause kamen, und auf dem Sofa sitzend, wie es nach dem Abendessen fernsah. Der Fernseher war eingeschaltet«, flüs-terte Charlie. Der umgebende Wind wurde scharf und schnell.

»Das ist erschreckend. Was hat die Familie getan?«, fragte Alex.

»Nun, natürlich waren Lauren und die Kinder entsetzt. Lauren hatte Schlafprobleme, und Cameron begann, ins Bett zu nässen. Daniel konnte nicht herausfinden, was zu tun war, also schloss er Mega Force in eine Truhe ein und versteckte sie auf dem Dachboden...«

Charlie verstummte. Ein Lächeln wie die Grinsekatze in Kombination mit seinem Skelett-Make-up war noch erschreckender. Alex, Blake, Avery und Drew saßen mit weit aufgerissenen Augen da und warteten. Drew klammerte sich immer noch an den Drachenkopf seines Kostüms. Blake versuchte so zu tun, als wäre die Geschichte nicht so gruselig. Aber das Rascheln leerer Chips-Packungen verriet Blakes wahre Gefühle. Alex saß mit offenem Mund da, während Drew irgendwie näher an Charlie herange-rückt war.

»Komm schon, lass uns nicht warten!«, bestand Drew.

Charlie lachte, musterte ihre Gesichter und starrte zurück, bevor er fortfuhr: »Drei Morgen vergingen. Ich hörte kein Geräusch vom Dachboden, keine Stimmen in der Nacht. Alles schien in Ordnung zu sein, bis Laurens Schreie aus dem Wohn-zimmer alle im Haus weckten. Die Kinder versteckten sich unter ihren Decken, zu verängstigt, um herauszukommen. Aber Daniel ging nach unten, um nach seiner Frau zu sehen. Als er hereinkam, erstarrte er wie tot und war wie betäubt.«

»Warum?«, fragte Blake.

»Auf dem Kaminsims saß Mega Force!«

38

»TUT MIR LEID, Kinder, aber dieses Spielzeug ist weg!«, sagte Lauren; sie blieb standhaft und riss das Spielzeug vom Regal. Sie stürmte davon.

»Gut so!«, stimmte Charlie zu.

»Ja!«, bekräftigte Cameron.

Daniel ging in die Küche und holte zwei Müllbeutel, warf Mega Force in einen und band ihn fest zu, bevor er den Vorgang mit einem zweiten Beutel wiederholte.

»Moment! Woher wissen wir, dass es nicht zurückkommt?«, sorgte sich Cameron und versteckte sich hinter Daniels Beinen.

»Es ist Mülltag. Kommt, lasst uns es in den Müll werfen und zusehen, wie es weggebracht wird. So wissen wir, dass es für immer weg ist«, nickte Lauren.

Gemeinsam ging die Familie nach draußen. Daniel nahm zwei Müllsäcke aus der Mülltonne und ließ Lauren Mega Force ganz nach unten legen, ehe er schnell den restlichen Müll der Woche darauf stapelte. Die Familie ging zurück zur Haustür und wartete.

Das Müllauto war bereits von der Straße her zu hören. Doch

während die Familie ungeduldig mit den Füßen scharrte, fühlte es sich an, als wäre der Wagen am anderen Ende der Welt. Mit ange-haltenem Atem drängte sich die Familie zusammen, die Augen auf die Mülltonne gerichtet, in Angst, dass Mega Force vor ihren Augen auftauchen könnte.

»Beeil dich, beeil dich«, flüsterte Lauren.

Daniel umarmte seine Frau etwas fester und zog auch seine Kinder näher heran. Schuld sammelte sich in seinem Magen. Wie konnte er seine Familie vor etwas schützen, das er nicht wirklich verstand und für das er keine Erklärung hatte? Er wurde wieder wütend. Nachdem Mega Force auf dem Kamin aufgetaucht war, hatte Daniel den Dachboden überprüft. Die Truhe war immer noch verschlossen und genau dort, wo er sie gelassen hatte. Sogar Staub hatte sich darauf gesammelt. Er versuchte, für seine Familie tapfer zu wirken, aber auch er konnte es kaum erwarten, Mega Force ein für alle Mal loszuwerden. Er nahm zwei tiefe Atemzüge und hielt sie kurz an.

Endlich hielt das Müllauto vor ihrem Haus. Die Müllmänner lächelten und winkten der Familie einen guten Morgen zu, was diese mit ihren wärmsten Lächeln erwiderte. Die Kinder hüpften aufgeregt an den Füßen ihrer Eltern, während sie beobachteten, wie der Müll auf den Wagen geladen wurde, und dann brüllten sie vor Freude. Verwirrt, und das zu Recht, schauten die Müllmänner von ihrer Arbeit auf.

»Sie lernen in der Schule über Umweltschutz. Sie wollten sehen, wie der Müll abgeholt wird«, scherzte Daniel.

Das schien eine ausreichende Erklärung zu sein. Mit einem Salut an die Kinder stiegen die Müllmänner wieder in ihren Wagen und fuhren davon, nahmen Mega Force und alle Probleme der Familie mit sich.

»Hurra!«, jubelten die Kinder.

»Ich glaube, wir könnten alle eine Pause gebrauchen. Wie

wäre es, wenn wir ... für eine GANZE WOCHE nach Disneyland fahren?«, sang Daniel.

»Was ist mit der Schule?«, keuchte Lauren.

»Ich denke, nach allem können wir sie eine Woche fehlen lassen, stimmt's, Lauren? Wir sagen einfach, sie sind krank. Wir waren krank, krank wegen dieser Puppe. Aber Kinder, das ist eine einmalige Sache und unser Geheimnis, okay?«, sagte Daniel.

»Ja, Papa!«

»Kommt dann, lass uns frühstücken und packen. Ich buche die Tickets, während du die Kinder fertig machst«, sagte Daniel und küsste Lauren sanft auf die Stirn. Sie fühlten sich, als hätten sie gemeinsam einen Neuanfang gewagt.

Es war der beliebteste Freizeitpark neben Disney World selbst. Er hatte alles, was sich ein Kind wünschen konnte, von wilden Fahrgeschäften und Spielen bis hin zu Preisen, Live-Shows, und viele beliebte TV- und Filmcharaktere waren vertreten. Die Familie gab sich besondere Mühe, den Parkteil zu vermeiden, der The Mega Force Police gewidmet war, die sich noch immer auf dem Höhepunkt ihrer Beliebtheit befand. Schließlich brauchten sie keine Erinnerungen an Mega Force. Dieser Teil des Parks fühlte sich für sie verflucht an. Aber sie hatten freie Hand über den Rest.

Sie verbrachten ihre Tage damit, in den Wasserparks zu planschen, so oft Achterbahn zu fahren, dass Daniel übel wurde, und aßen viel zu viel Junkfood. Aber mit Spielen für die Erwachsenen und Minigolf hatte die Familie allen Spaß, den sie sich vorstellen konnte.

Daniel gewann Stofftiere und neue Gadgets, und Lauren

gönnte sich sogar ein paar Mode-Accessoires. Sie hatte nicht vor, Blitz-Ohrringe zur Arbeit zu tragen, dachte aber, dass sie Spaß machen würden, wenn sie mit den Kindern unterwegs war.

»Diese Reise war eine großartige Idee, und diese Bilder werden eine tolle Erinnerung daran sein«, lächelte Lauren und betrachtete die Schnappschüsse von der Wildwasserbahn.

»Das ist die Idee«, lächelte Daniel zurück.

»Ich glaube, die Kinder haben nicht mehr so fest geschlafen, seit sie Babys waren«, schwärmte Lauren. »Sie waren so müde.«

»Es ist die ganze Aufregung. Ich bin ein bisschen enttäuscht, dass unsere Reise so schnell vorbei ist«, gab Daniel zu.

»Ich auch.«

Als Drew Charlies Geschichte unterbrach, um von den eigenen Erinnerungen an Disneyland zu schwärmen, stimmten Blake und Alex schnell mit ein. Avery hörte aufmerksam zu, als einziges Gruppenmitglied, das den Resort nie besucht hatte.

»Kann ich meine Geschichte zu Ende erzählen?«, knurrte Charlie.

»Entschuldigung, mach weiter«, nickte Avery.

»Also, wie ich sagte... Am nächsten Tag fuhr die Familie die vier Stunden nach Hause. Es war immer noch ein heißer Tag für Mitte Herbst, und als sie kurz nach dem Mittagessen ankamen, setzten sie sich zum Essen hin. Es war eine lange Fahrt, also waren sie natürlich hungrig. Plötzlich hörte Cameron von ihrem Küchenfenster ein leises Quietschen in ihrem Hinterhof. Neugierig gingen alle nach draußen, um nachzusehen...«

»Was war es?«, fragte Blake erneut und schenkte Charlie seine ungeteilte Aufmerksamkeit.

»Die Familie hatte ein altes Schaukelgestell, das zu rosten begonnen hatte, sodass die Schaukel ein schreckliches Quietschen von den Scharnieren machte. Es gab keine Brise in der Luft, doch die Schaukel ging hin und her...«, fuhr Charlie fort. »Hin und her.«

»Wie?«, fragte Blake.

»Auf der sich bewegenden Schaukel saß... saß...«

»Nicht Mega Force?«, fragte Drew und versteckte sich hinter dem Kopf des Drachenkostüms.

Langsam nickte Charlie.

39

2019

Lauren schrie und stieß eine Reihe von Obszönitäten aus. Später entschuldigte sie sich bei ihren Kindern dafür. Dann scheuchte Lauren die Kinder ins Haus und überließ es Daniel, sich um dieses „Ding" zu kümmern. Sie war völlig verwirrt und mehr als frustriert. Die Kinder rannten schneller ins Haus, als sie folgen konnte. Stattdessen ging sie zur Haustür, blickte zurück und knallte die Tür hinter sich zu. Fast hätte sie abgeschlossen, besann sich aber eines Besseren.

Als Daniel die Tür öffnete und mit leeren Händen hereinkam, weil er nicht wusste, was er sonst tun sollte, führte Lauren die Kinder ins Wohnzimmer und schloss die Tür, damit sie in Ruhe weinen konnte. Sie saß am Tisch, schluchzte mit dem Kopf in den Händen und raufte sich die Haare. Lauren fühlte, dass sie kurz vor einem Nervenzusammenbruch stand; sie wusste nicht, wie viel mehr sie noch ertragen konnte. Ihr Mann fühlte genauso.

»Daniel, was sollen wir tun? Jedes Mal, wenn wir dieses Ding wegwerfen, findet es seinen Weg zurück. Wie ist es wieder hier gelandet, und wie um Himmels willen schaukelt es auf einer Schaukel? Glaubst du, eines der Nachbarskinder spielt uns einen Streich? Ich wette, es ist Rory, das Kind der Bentleys. Die haben schon immer Unfug getrieben. Ich gehe jetzt sofort rüber und werde ein Wörtchen mit ihren Eltern reden!«, schimpfte Lauren und sprang von ihrem Stuhl auf.

Daniel eilte durch den Raum, nahm seine Frau bei den Schultern, zog sie an sich und versuchte, sie zu beruhigen.

»Es ist nicht Rory. Wie könnte es? Wir haben doch gesehen, wie die Müllmänner es mitgenommen haben«, meinte Daniel. Er atmete wieder tief ein. Die Wut und Verwirrung waren durch etwas Undefinierbares ersetzt worden. Er war in tiefe Gedanken versunken und hörte kaum zu.

»Welche Erklärung hast du dann, Daniel? Ich bin mit meinem Latein am Ende; ich halte das nicht mehr aus. Wir werden das Haus einfach verkaufen müssen. Offensichtlich gefällt es dieser dummen Puppe hier, also soll sie das Haus behalten, aber ich bleibe keine Minute länger. Ich nehme die Kinder und gehe zu meiner Mutter.«

»Das kannst du nicht tun; was ist mit der Schule?«, fragte Daniel.

»Oh, also war es in Ordnung, dass du die Kinder aus der Schule nimmst, um in einen Kurzurlaub zu fahren? Aber jetzt ist es nicht in Ordnung, dass ich sie aus der Gefahrenzone bringe?«, fauchte Lauren.

»Lauren, beruhige dich. Wir sind nicht in Gefahr. Es ist nur ein gruseliges Spielzeug. Es hat uns nichts getan, außer uns zu erschrecken. Wir können eine Lösung finden.«

»Was denn, Daniel? Alles, was wir versucht haben, ist gescheitert. Ich werde darüber noch wahnsinnig. Ich halte das nicht mehr aus! Ist es nicht schlimm genug, Angst zu haben? Um deinen verdammten Verstand zu fürchten?«, schluchzte Lauren. Daniel fühlte sich in diesen Momenten wie ein schlechter Ehemann, machtlos in seiner Rolle. Er war ein starker und kluger Mann mit einer wunderbaren Familie, aber er fühlte sich wie ein Narr.

DIE FREUNDE LEHNTEN sich zurück und diskutierten darüber, wie Mega Force zurückkommen konnte. Sie überlegten, wie sich das seltsame Verhalten des Spielzeugs erklären ließe. Aber genau wie die Familie, von der Charlie erzählte, konnten sie es nicht. Das Einzige, worüber sich alle einig waren, war, dass Mega Force verhext oder verflucht war und irgendeine Form von Leben besaß.

Charlie erzählte die Geschichte weiter. Lauren und ihre Familie schliefen kaum. Sie wurde reizbar und fauchte ihre Kinder und ihren Mann grundlos an, wenn es zu Streitigkeiten kam. Jedes Familienmitglied begann, sich vor dem eigenen Schatten zu fürchten, und schließlich schliefen alle bei eingeschaltetem Licht im ganzen Haus. Niemand hatte Mega Force wieder ins Haus geholt. Aber nachts konnte man immer noch hören, wie die Schaukel schaukelte, während Mega Force seine berühmten Worte in die stille Morgenluft oder in kalte, regnerische Nächte rezitierte, wieder und wieder und wieder.

»Schließlich klopfte einer der Nachbarn an und beschwerte sich über das ,Spielzeug, das redete' in der Nacht. Sie behaupteten, es schon Wochen zuvor auf ihrer Schaukel bemerkt zu haben, und sagten, sie seien so geduldig wie jeder andere, aber es müsse jetzt verschwinden. Lauren und Daniel erklärten vorsichtig ihr Problem, aber der Nachbar lachte ihnen ins Gesicht und sagte, sie sollten ,einfach damit klarkommen', oder sie würden ,die Polizei wegen Ruhestörung rufen'«, erzählte Charlie.

»Was haben sie also getan?«, fragte Drew.

»Nun, Daniels Job war wichtig«, antwortete Charlie. »Er konnte sich keinen Polizeieintrag in seiner Akte leisten, also holte er die Puppe wieder ins Haus. Lauren blieb bei ihrem Wort; unfähig, in einem Haus mit dem Spielzeug zu leben, nahm sie Cameron und Charlie mit zu ihrer Mutter, bis Daniel herausfinden konnte, was er damit tun sollte.«

Charlie erklärte weiter, wie Lauren und die Kinder jeden Abend mit Daniel videotelefonieren würden, in der Hoffnung auf Neuigkeiten. Aber Daniel war keinen Schritt näher daran herauszufinden, was er mit dem Spielzeug tun sollte. Er wurde immer verzweifelter wegen der Sache, wegen des Lärms und weil seine Familie weg war. Er dachte darüber nach, seinen Job zu kündigen, fand aber keinen Grund dafür, außer dass er vom Lärm gestresst war. Er hatte die Puppe auseinandergenommen und alle Kabel sauber durchtrennt, sie in mehrere Beutel eingeschlossen und wieder in die Truhe auf dem Dachboden gesperrt und sie sogar im Garten vergraben. Aber irgendwie war Mega Force jeden Morgen, wenn Daniel aufstand, auf ihn gewartet, mit vollständig intaktem Innenleben. Daniel begann schnell zu verstehen, wovon Lauren gesprochen hatte – der Wahnsinn der Situation und das Gespräch zwischen ihnen über den Verkauf des Hauses. Aber das Haus zu verkaufen wäre ein langwieriger Prozess, und Lauren und die Kinder wollten nicht so lange von Daniel getrennt sein. Das war zumindest, was Lauren ihm sagte. Er fühlte sich bei den meisten Dingen nicht mehr vernünftig – selbst bei seiner Familie.

»Aber die Dinge wurden noch schlimmer«, sagte Charlie. »Eines Abends, als Lauren und die Kinder bei einem weiteren Videoanruf mit Daniel waren und ihm gerade gute Nacht wünschen wollten, fing Cameron an zu weinen. Es war ein plötzliches, leises Wimmern von einem erwachsenen Mann, nichts, was sie normalerweise tun würden. Lauren fragte, was los sei, und Cameron zeigte auf einen Bereich des Bildschirms direkt hinter Daniels Kopf. Mega Force war wie durch ein Wunder auf dem Kaminsims aufgetaucht, als würde er sich am Gespräch beteiligen.« Charlie keuchte für einen dramatischen Effekt.

»DANIEL! Bitte, ich flehe dich an: Mit dieser Puppe muss etwas geschehen. Ich habe nicht nur Angst um die Kinder und mich; ich mache mir auch Sorgen um dich und deine Sicherheit«, flehte Lauren.

»Ich versuche es, Lauren, glaub mir. Ich verspreche, ich werde bald eine Lösung haben«, sagte Daniel.

Aber selbst als er das Versprechen gab und die Worte seine Lippen verließen, wusste er, dass es eine Lüge war. Was konnte er tun? Was hatte er noch nicht versucht? Eines Abends, als Mega Forces Spruch auf Spanisch durch das Haus hallte, wachte Daniel tränenüberströmt auf. Er stürmte die Treppe hinunter, suchte überall nach Mega Force und fand ihn schließlich auf dem Regal im Spielzimmer.

Am Küchentisch sitzend, Auge in Auge mit dem Spielzeug, fühlte sich Daniel lächerlich, als er das Einzige versuchte, was ihm noch einfiel, etwas, das wie ein letzter Ausweg erschien.

»Was willst du? Warum lässt du uns nicht in Ruhe? Ich vermisse meine Frau und meine Kinder. Ich will nur, dass sie nach Hause kommen! Bitte lass sie nach Hause kommen!«, bettelte und flehte Daniel zwischen Schluchzern.

Daniel wartete und starrte das Spielzeug in der Mitte des Tisches an; es war zum ersten Mal seit Jahren bewegungslos und totenstill. Wut breitete sich wieder wie ein Lauffeuer in Daniel aus und erhitzte ihn bis ins Mark. Es spielte mit ihm.

Daniel packte Mega Force um die Taille, knurrte das Spielzeug an und fletschte die Zähne. Spucke flog aus seinem Mund. Er legte seinen Kiefer auf den Kopf des Spielzeugs und biss mit der Kraft eines Tieres zu, das Fleisch von einem Kadaver reißt. Er hielt es einen Meter von seinem Gesicht entfernt.

»Ich hasse dich! Du hast meine Familie ruiniert!«, brüllte Daniel, fast seine Stimme verlierend, und schleuderte Mega Force quer durch den Raum.

Das Spielzeug prallte gegen die Wand, hinterließ eine Delle im Putz und fiel mit einem lauten Plastikknall auf den Holzboden. Daniel keuchte, starrte und wartete auf irgendetwas – irgendeine Reaktion, irgendeine Vergeltung, eine verbale Antwort, irgendetwas ... Er konnte seine eigenen Beweggründe in dieser Sache nicht mehr verstehen. Mega Force lag still und mit dem Gesicht nach oben auf dem Boden.

40

Nach einer weiteren schlaflosen Nacht lehnte Daniel sich mit der Hüfte gegen das Waschbecken im Badezimmer. Ihm blickte ein Mann entgegen, den er kaum erkannte. Sein Haar war ungepflegt und fettig, sein Bart in unordentlichen Büscheln überwuchert, und er hätte schwören können, dass diese grauen Haare an seiner Schläfe neu waren. Zurückblickte ein Mann, dessen Gesicht durch Stress und Zeit gealtert war. Er sah Augen tief in ihren Höhlen, dunkel mit Ringen, wie Höhleneingänge.

Als Daniel sich Kaffee holen wollte, war er überrascht, Mega Force mit dem Gesicht nach unten auf dem Küchenboden zu finden, genau dort, wo er es in der Nacht zuvor zurückgelassen hatte, umgeben von Putz aus der Wand. Unfähig, seinen Blick von dem Spielzeug abzuwenden, setzte sich Daniel an den Küchentisch und hielt seine Kaffeetasse ununterbrochen fest. Sein Magen knurrte vor Hunger, aber er konnte sich nicht zum Kochen überwinden, geschweige denn zum Essen. Er musste eine Lösung finden, oder er würde dahinsiechen und seine Familie nie wiederse-

hen. Sie würden ihn so nicht haben wollen. Da klingelte sein Telefon. Als er das Handy aus seiner Tasche zog, sah er einen Namen,
der ihn erleichtert aufseufzen ließ. Es war sein älterer Bruder
Simon; Simon hatte immer eine beruhigende Wirkung auf Daniel.

»Hi Bruderherz! Wie geht's dir, deiner Frau, den Kindern? Ich
höre, du hattest in letzter Zeit ein paar Schwierigkeiten. Ich habe
mit Karen und Michael gesprochen; was höre ich da über
Probleme mit einem Spielzeug?«, lachte Simon.

Seufzend wusste Daniel nicht, wo er anfangen sollte.

»Bruder? Alles in Ordnung bei dir?«, kam Simons besorgte
Stimme.

»Nicht wirklich, Simon«, antwortete Daniel.

In einem langen Gespräch erklärte Daniel alles über Mega
Force, vom Tag an, als Lauren es in dem gruseligen Vintage-Spiel-
zeugladen fand, bis zum ersten Mal, als sie bemerkten, dass etwas
nicht stimmte. Daniel erzählte seinem Bruder alles, wie Lauren
die Kinder mitgenommen hatte, wie die Nachbarn sich beschwert
hatten und wie das Spielzeug einen eigenen Willen zu haben
schien und immer seinen Weg zurückfand. Daniel gestand sogar,
in der Nacht zuvor mit dem Spielzeug gesprochen zu haben. Er
verschwieg, dass er hineingebissen hatte. Die Wut dieses
Moments war peinlich, aber zumindest wusste Daniel, dass er
noch Scham empfinden konnte.

»Ist das dein Ernst?«, fragte Simon.

»Ich wünschte, es wäre nicht so«, sagte Daniel.

Plötzlich begann Mega Force, in schneller Folge Sätze auszu-
spucken, alle auf Spanisch.

»Verdammt!«, sagte Simon. »... Um ehrlich zu sein, dachte ich,
du würdest den Verstand verlieren oder so, als deine Frau mir
davon erzählte. Aber weißt du was, schick mir das Spielzeug per
Post. Ich nehme dir das Problem ab.«

»Ich könnte dich nicht darum bitten, Simon.«

»Wofür sind ältere Brüder denn da? Außerdem lieben meine Kinder solch verrücktes Zeug.«

Endlich mit einer Lösung in der Hand rief Daniel Lauren mit den guten Neuigkeiten an. Mega Force würde in Kürze aus ihren Händen sein. Aber wie erwartet sagte Lauren, sie würde nicht zurückkehren, bis sie sicher sei, dass Mega Force nicht eines Morgens auf dem Kaminsims auftauchen würde.

»ALSO HAT Daniel Mega Force in Luftpolsterfolie eingewickelt, in eine Tüte gesteckt, in einen Karton geklebt und nach Utah verschickt«, begann Charlie, die Geschichte abzuschließen.

»Moment! Hier? Deine Geschichte endet hier, in Utah?«, Drew sah panisch aus.

»Ich habe euch gesagt, dass es gruselig sein würde«, lachte Charlie.

»Und was dann? Kam Mega Force zurück? Kamen Lauren und die Kinder nach Hause?«, fragte Alex.

Nickend erklärte Charlie, wie Simon, nachdem er das Paket erhalten hatte, Mega Force sofort an die Stoßstange seines Trucks gebunden hatte. Dann würde er jeden Tag ein Foto machen, auf dem das Spielzeug noch immer am Truck befestigt war, und es Daniel als eine Art Statusbericht schicken.

Nach mehreren Wochen, in denen sich Mega Force nicht bewegt hatte, kehrten Lauren und die Kinder endlich nach Hause zurück.

»Nun, ich gebe dir das, Charlie. Die Geschichte hatte ihre

Momente, aber es ist nicht die gruseligste Geschichte«, zuckte Blake mit den Schultern.

»Ja, das Ende war ein bisschen antiklimaktisch. Ich erwartete, dass du sagen würdest, Mega Force hätte sich befreit und wäre zurückgekehrt oder hätte die neue Familie getötet oder so etwas«, sagte Avery.

Charlie lächelte und zuckte mit den Schultern, ohne sonst etwas zu sagen. Plötzlich klingelte Charlies Telefon und durchbrach die Stille, was den Rest der Gruppe aufschreien ließ. Lachend nahm Charlie das Gespräch an und beendete es schnell.

»Das war mein Vater; er wird bald hier sein, um mich abzuholen«, sagte Charlie.

Die Gruppe nickte, ein wenig enttäuscht, dass der Abend zu Ende ging. Charlie hatte Hausaufgaben zu erledigen und war kein großer Fan von Schultänzen, also hatten sie nie geplant, den ganzen Abend zu bleiben.

»Warte! Charlie, handelte die Geschichte von dir?«, fragte Drew.

»Nein, aber ein interessanter Fakt: Charlie ist ein sehr beliebter Name in meiner Familie«, zwinkerte Charlie.

Langsame, schwere Rockmusik summte in der Ferne, und Scheinwerferlicht schien durch die Bäume, was anzeigte, dass die Nacht wirklich vorbei war.

»Nun, netter Versuch, Charlie, aber du musst an deinen Gruselgeschichten-Fähigkeiten arbeiten«, spottete Blake.

»Verstanden«, lachte Charlie.

»Fertig, Kind?«, fragte Charlies Vater und steckte seinen Kopf aus dem Fenster des Trucks.

»Bereit, Papa. Bis später, Leute«, sagte Charlie, sprang auf und klopfte den Schmutz vom Skelett-Kostüm.

»Warte! Charlie, heißt dein Vater nicht Simon?«, fragte Drew.

Mit einem teuflischen Lächeln und einem Nicken rannte

Charlie zum Auto. Als Charlie auf den Beifahrersitz sprang, keuchte die Gruppe auf. Fest an die Stoßstange von Simons Truck gebunden war Mega Force.

»Das ist nicht dieselbe Puppe aus der Geschichte. Charlie hat das Ganze erfunden, um uns Angst zu machen; natürlich haben sie irgendeine Puppe an den Truck gebunden«, spottete Blake.

»Mega Force powers activate. Mega Force poderes activados!«, plapperte Mega Force. Simons Truck fuhr weg; das Geräusch von dem Ding war konstant und erstarb langsam, wie eine Alarmsirene, anschwellend und hallend.

Auf einmal sprang die Gruppe auf, als ein kalter Schauer ihre Rücken hinunterlief. Sie rannten durch den Wald zurück zur Schule, vorbei an Mr. Smiths Fenster-Schlingen. Charlie saß auf dem Beifahrersitz des Autos ihres Vaters, lächelnd, wissend, dass die Gruppe tatsächlich den Schrecken bekommen hatte, den sie beabsichtigt hatten.

»Llevarte a la justicia! Ich werde dich kriegen und zur Gerechtigkeit bringen!«, hallte Mega Forces Stimme ihnen durch den Wald nach.

Ende

Hat dir Spukgeschichten gefallen?

Bitte hinterlasse eine Rezension auf dieser Plattform oder auf Goodreads. Rezensionen helfen mir, neue Leser zu erreichen.

Abonniere meinen Newsletter, um KOSTENLOS eine meiner Geschichten auf meiner Website unter www.mhlebeault.com zu erhalten

ÜBER DIE AUTORIN

Positive, aufbauende Bücher und Geschichten.
Marie-Helene Lebeault lebt in Quebec, Kanada und ist Mutter
von zwei jungen Erwachsenen. Als pensionierte Lehrerin
verbringt sie ihre Tage nun damit, zu schreiben, akademische
Handbücher zu übersetzen und ihre Stimme für Unternehmens-
schulungsvideos zu leihen. Sie liest gerne, wandert und geht an
den Strand. Außerdem ist sie ein begeisterter Achterbahn-Fan
und hat es sich zur Aufgabe gemacht, mit ihrer Tochter alle Six
Flags Freizeitparks zu besuchen. Jedes Jahr unternimmt sie eine
dreiwöchige Solo-Reise in einen neuen Teil der Welt.

www.mhlebeault.com
Folge ihr in den sozialen Medien, sie würde sich freuen, von dir zu
hören!

facebook.com/mhlebeaultauthor

x.com/mhlebeault

instagram.com/mhlebeault

amazon.com/author/mhlebeault

bookbub.com/authors/marie-helene-lebeault

goodreads.com/mhlebeault

linkedin.com/in/mhlebeault

tiktok.com/@mhlebeaultauthor

BÜCHER VON DIE AUTORIN

Auf Deutsch

Fee Großmutter-Serie – Bilderbücher für Kinder von 3 bis 7 Jahren

Mila geht in die Antarktis

Mila geht zum Nordpol

Mila geht nach China

Mila geht nach Afrika

Die Evers-Reihe

Der Schlüssel der Ahnen

Die Akademie

Die Zeitwanderin

Die Weltenwandlerin

Blutmagie-Reihe

Blutmagier

Blutmagie

Bluterbe

Legenden Wiedergeboren-Reihe

Ein Fluch aus Schnee und Asche

Ein Fluch aus Dornen und Schlummer

Ein Fluch aus Glas und Schatten

Ein Flush aus Silben und Narben

Nordpol-Universitat

Weihnachtliche Wandler

Frostherz

Lichtkuss

Eisfluch

Feuerblick

Standalones

Die zwölf Leben der Clare

Utopia

Verteidiger des Reiches

Die Schlacht der Aufblühenden Flamme (Gratis)